Hallo, Mister Gott, hier spricht Anna

Fynn

Hallo, Mister Gott, hier spricht Anna

Evangelische Verlagsanstalt
Berlin

Nachwort von Roland Degen

ISBN 3-374-00985-9

Lizenzausgabe für die DDR mit Genehmigung des
Scherz Verlages Bern und München

Titel des Originals: Mister God, this is Anna
Aus dem Englischen von Helga Heller-Neumann
Deutsche Rechte beim Scherz Verlag Bern und München

Nur zum Vertrieb in der DDR und im sozialistischen Ausland
2. Auflage
Evangelische Verlagsanstalt GmbH Berlin 1990
Lizenz 420.205-103-90. LSV 6520. H 5010
Schutzumschlag und Einband: Werner Sroka
Printed in the German Democratic Republic
Satz und Druck: Messedruck Leipzig
00460

I

Der liebe Gott spricht englisch

«Der Unnerschied von einen Mensch und einen Engel ist leicht. Das meiste von ein Engel ist innen, und das meiste von ein Mensch ist außen.»

Anna war sechs Jahre alt. Manchmal hieß sie Fratz. Mit fünf Jahren kannte sie den Sinn des Lebens und wußte, was Liebe ist. Dazu war sie eine persönliche Freundin und auch Beraterin von Herrn Gott. Mister Gott eigentlich. Da die Engel selbstverständlich englisch sprechen, war anzunehmen, daß ihr oberster Herr das auch tat. Mister Gott also.

Anna war sehr gebildet. Theologie, Mathematik, Philosophie, Dichtkunst und Gärtnerei – nichts war ihr fremd. Fragte man sie etwas, bekam man unter allen Umständen eine Antwort. Manchmal verzögerte sich die Antwort, aber nach ein paar Wochen oder gar Monaten kriegte man sie – manche Dinge brauchen ihre Zeit. Die Antworten waren direkt, einfach und präzise.

Sie feierte ihren achten Geburtstag nicht hier; sie starb vorher bei einem Unfall. Sie starb mit einem Lächeln auf ihrem Gesicht. Ihr letzter Satz war: «Wetten, daß mich Mister Gott dafür in sein Himmel reinläßt.» Und ich wette nicht dagegen. Er tat es sicher.

Ich kannte Anna ungefähr dreieinhalb Jahre lang.

Manche Leute sind berühmt, weil sie allein die Welt umsegelt oder auf dem Mond zu Mittag gegessen haben. Jeder Mensch weiß von solchen Leuten. Mich kennt fast niemand, und doch erhebe ich Anspruch auf den Ruhm, Anna gekannt zu haben und, wie ich glaube, recht gut. Am besten eigentlich von innen – denn wie gesagt, «das meiste von ein Engel ist innen». Und das hier ist die Geschichte, wie ich Anna kennenlernte. Seither habe ich noch zwei weitere Engel getroffen. Aber das ist wieder was anderes.

2

Wurst mit Rosinen

Ich heiße Fynn. Natürlich nicht wirklich, aber so nennen mich alle, und es paßt zu mir. Ich bin groß, sehr groß eigentlich – einszweiundneunzig. Siebzig Kilo, neunzehn Jahre alt, damals. Mein Hobby waren heiße Cervelatwürstchen und Schokoladenrosinen – nicht gleichzeitig natürlich.
Am liebsten stromerte ich nachts im Hafen herum – besonders bei Nebel.
In einer solchen Nebelnacht begann mein Leben mit Anna. Ich schlenderte die Straße entlang. Es war ziemlich dunkel, die Häuser warfen nebelverbogene Schatten. Die Bäckerei war noch erleuchtet, obgleich längst geschlossen war. Das Schaufenster zeigte ein helles Viereck in einem widerwärtig feuchten Wetter. Unter dem Fenster saß ein kleines Mädchen auf einem Eisengitter. In dieser Gegend laufen häufig Kinder spätnachts noch auf der Straße herum. Aber bei diesem Kind war das anders. Warum es anders war, habe ich vergessen. Ich setzte mich neben die Kleine. Wir saßen da drei Stunden lang. Und ich bin heute noch überzeugt – sie hat mich verhext. Irgend so etwas muß es gewesen sein.
«Rutsch mal'n bißchen», sagte ich.
Sie rückte zur Seite und sagte nichts.
«Nimm dir eine Cervelat.»
Sie schüttelte den Kopf. «Gehört dir.»
«Ich hab einen ganzen Haufen Würstchen. Außerdem – ich bin völlig satt», sagte ich.
Sie antwortete nicht. So legte ich die Tüte mit den Würstchen

zwischen uns. Das Schaufensterlicht war nicht besonders hell. Die Kleine saß im Schatten. So sah ich nur, daß sie abenteuerlich dreckig war. Sie hatte eine zerfetzte, zerlumpte Puppe unter den Arm geklemmt; auf ihrem Schoß lag eine verbeulte Schachtel mit Buntstiften.

Wir schwiegen eine halbe Stunde lang. Ich sah, wie ihre Hand langsam in das Würstchenpaket schlich, und empfand tiefe Freude, als wenig später das Geräusch der zwischen ihren Zähnen zerplatzenden Wurstpelle zu hören war. Ein oder zwei Minuten später stibitzte die Hand ein weiteres Würstchen, dann das dritte. Ich zog ein Päckchen Zigaretten aus der Tasche.

«Kann ich rauchen, während du ißt?» fragte ich.

«Was?» Ihre Stimme klang alarmiert.

«Kann ich mir eine ins Gesicht stecken, während du ißt?»

Sie rutschte herum, kniete sich auf das Pflaster und sah mir ins Gesicht.

«Warum?» fragte sie.

«Meine Mutter besteht auf meiner feinen Erziehung», sagte ich, «man pustet einer Dame keinen Rauch ins Gesicht, während sie Cervelatwürstchen ißt.»

Die Kleine starrte einen Moment lang das halbe Würstchen in ihrer Hand an, dann fragte sie: «Warum, hast du mich gern?»

Ich nickte.

«Dann steck dir eine ins Gesicht.» Sie lächelte und stopfte den Rest des Würstchens in den Mund.

Ich hielt ihr das brennende Streichholz hin. Sie pustete und übersprühte mich dabei mit einem Regen kleiner Wurststückchen. Plötzlich schrak sie zusammen. Ihren Blick werde ich nie vergessen. Sie biß die Zähne zusammen. Ihr Gesicht verzerrte sich in Erwartung einer Ohrfeige. Was mein Gesicht ausdrückte, weiß ich nicht. Jedenfalls gab sie einen so kläglichen, traurigtrockenen Schluchzer von sich, wie ich ihn nie gehört hatte und wie ich ihn auch nie wieder hören will. Der Ton schnürte mir die Kehle zu, und ich begann zu lachen. Was konnte man auch anderes tun bei so viel Kinderangst und Kindertrauer? Ich lachte und lachte und konnte nicht aufhören. Dann sah ich, daß auch sie begonnen hatte zu lachen. Da kniete kein erbärmliches Bündelchen Angst mehr vor mir. Sie lachte, sie kniete auf dem Straßenpflaster, reckte mir ihr Gesicht entgegen und schüttelte sich vor Lachen. Wie viele Male in den folgenden drei Jahren habe ich dieses Lachen gehört. Es klang nicht wie Silberglöckchen; es war eine Mischung aus Hundegebell, Motorrad und Fahrradluftpumpe.

Ich packte sie bei den Schultern und stellte sie auf Armeslänge auf die Beine. Dann kam der Blick, der nur Anna gehörte. Sie sah mich an, Mund weit offen, Augen noch weiter offen. Ihr ganzer kleiner Körper vibrierte. Beine, Arme, Finger, Zehen, alles zitterte. Ein kleiner Vulkan stand vor mir. Sie lachte und konnte nicht aufhören. Sie versuchte, etwas zu sagen, aber es kam nichts Rechtes zustande.

«Du . . . du . . . du», lachte sie. Dann rang sie sich bei all dem Gelächter einen Satz ab: «Du, du magst mich?»

Was für eine Antwort gab es darauf? Es gab nur eine. Ich sagte: «Ja.»

Sie kicherte, tippte mich mit dem Zeigefinger an. «Du hast mich lieb», und trudelte um die Straßenlaterne. «Du hast mich lieb, du hast mich lieb.»

Einen Augenblick später sagte sie: «Ich bin überhaupt kein bißchen durstig.»

So gingen wir in die nächste Wirtschaft und kauften eine Flasche Bier. Sie wollte die «braune Flaschenflasche mit so'n komischen weißen Knopf drin».

«Gehn wir zurück zu diese Backbäckerei», grinste sie.

Da saßen wir also wieder – der Große und die Kleine. Ich glaube nicht, daß wir mehr als die halbe Flaschenflasche tranken. Denn es stellte sich heraus, daß es viel schöner war, so ein Brausegetränk tüchtig zu schütteln, und dann, pscht, schoß eine Spritzfontäne über die Straße.

«Jetzt du», sagte sie. Es war keine Bitte, das war ein Befehl. Ich schüttelte kräftig, und der Stöpsel flog heraus. Ein Schwall Bierschaum regnete auf uns beide nieder.

Während der ganzen nächsten Stunde gab es Gekicher, weitere Würstchen, mehr Bier mit noch mehr Schokoladenrosinen. Den Vorübergehenden schrie sie hinterher: «He, Sie da, er mag mich, er mag mich!» Hinauf die Treppe am Haus gegenüber. Sie rief mir zu: «Ätsch, ich bin größer als du!»

Gegen halb elf saß sie zwischen meinen Knien und begann eine ernste Unterhaltung mit Maggie, der Lumpenpuppe.

Ich sagte: «Du gehörst jetzt ins Bett. Los. Wo wohnst du?»

Mit langsamer Stimme erwiderte sie: «Nirgends. Ich bin weggelaufen.»

«Und deine Mammi und dein Pappi, wo wohnen die?» fragte ich.

Sie hätte ebensogut antworten können, das Gras ist grün – der Himmel blau.

Sie sagte nur: «Sie ist eine Kuh, und er ist ein Säufer. In das Scheißhaus geh ich nie mehr. Ich wohn bei dir.»

Ein etwas ungewöhnlicher Befehl, in einer etwas ungewöhnlichen Sprache. Aber man konnte nichts dagegen machen.

Ich sagte: «Na schön, du kannst mitkommen; morgen sehen wir weiter.»

3
Das Bad in der Küche

An diesem Punkt begann meine eigene Erziehung. Ich hatte mir da eine große Puppe eingehandelt – aber nicht eine aus Gummi, gefüllt mit Holzwolle. Diese da war lebendig – und wie, eine Bombe auf zwei Beinen. Mir war ein wenig schwindlig, so wie nach zu vielen Karussellfahrten, und es erstaunte mich kein bißchen, daß die Puppe, die ich am Schießstand gewonnen hatte, nun neben mir herlief und entschlossen war, mich nicht mehr zu verlassen.
«Wie heißt du eigentlich?» fragte ich.
«Anna. Und du?»
«Fynn», sagte ich. «Und wo kommst du her?»
Keine Antwort – und das war das erste und letzte Mal, daß ich auf eine Frage von Anna keine Antwort erhielt. Erst später erkannte ich den Grund. Sie hatte Angst, ich würde sie zurückbringen zu ihren Eltern.
«Wann bist du zu Haus ausgerückt?»
«Och, so vor drei Tagen, glaub ich.»

Wir kletterten über den Bahndamm, was verboten war. Aber der Weg war kürzer. Wir schlichen durch den Hintereingang in die Küche. Ich drehte das Licht an. Zum ersten Mal sah ich Anna wirklich. Gott weiß, was ich erwartet hatte, aber es war sicherlich nicht das, was ich zu sehen bekam. Es ging gar nicht darum, daß die Kleine schmutzig war oder ihr Kleid fünf Nummern zu groß. Es war nur die komische Mischung. Bier, Fettflecke und die Farben aus dem Malkasten. Sie sah aus wie ein wild gewordenes Ferkel – die Malfarben waren großzügig und abenteuerlich über die ganze kleine Person verteilt. Sie sah so komisch und dabei so winzig aus, daß ich sie auf den Arm nahm und hochhob, damit sie sich im Spiegel über der Kommode sehen konnte. Ihr Lächeln war ein Junitag. Ich selber sah kaum anders aus. Die Malfarben färbten geradezu infam auf die gesamte Umgebung ab. «Ein schönes Paar»; wie meine Mutter später sagte.

Jetzt klopfte sie jedenfalls von nebenan gegen die Wand. Dreimal Bum-bum-bum. Das war ihr Signal. «Bist du's? Ich bin schon im Bett. Dein Abendessen steht im Backofen, und vergiß nicht, das Gas abzudrehn.»

Sonst schrie ich höchstens: «Okay!» Aber heute war das anders. Ich rief den Flur entlang: «Mama, komm und sieh dir an, was ich mitgebracht habe.»

Meine Mutter wunderte sich niemals über irgend etwas. Sie machte auch niemals Theater wegen irgendwelcher Dummheiten, über die Katze Bossy zum Beispiel oder über Patsch, den Hund, auch nicht über den achtzehnjährigen Carol, der zwei Jahre bei uns wohnte; auch Danny aus Kanada blieb einfach da – drei Jahre lang. Manche Leute sammeln Briefmarken oder Bierdeckel. Meine Mutter sammelte Kinder, die sich verlaufen hatten, sie sammelte verlassene Kinder, verlassene Hunde, Katzen, Wellensittiche. Hätte ich ihr in jener Nacht einen verlassenen Löwen mitgebracht, so hätte sie nichts anderes gesagt als «das arme Ding».

Sie kam herein – ein Blick genügte. «Das arme kleine Ding», rief sie. «Was haben sie denn mit dir gemacht?» Immerhin sah sie auch mich an und bemerkte nur: «Du siehst aus wie ein Schwein, wasch dich.» Dann kniete sie auf dem Boden und nahm Anna in die Arme. Nur einen Augenblick lang. Dann lief die Operation ‹Bad für Anna› an. Sie warf mir einen Blick zu, der hieß «laß das Kind nicht länger in den

nassen Fetzen herumstehn». Die Küchentür flog auf. «Stan, Carol», schrie sie hinaus, «sofort herkommen!»
Stan ist mein zwei Jahre jüngerer Bruder, Carol eines von den verlassenen Kindern. Kessel mit Wasser wurden auf den Herd gewuchtet. Zinkbadewanne, Seife, Handtücher, Waschlappen. Ein Badezimmer gab es bei uns nicht. Schließlich hatte ich Anna ausgezogen. Da saß sie auf dem Küchentisch mit gekreuzten Beinen, schweigend.
Stan sagte laut und deutlich: «Herrgott.»
Carol flüsterte: «Verdammt noch mal.»
Meine Mutter schaute erbittert und schweigend auf Anna. Für einen Moment schien die Küche gefüllt mit Haß gegen Unbekannt. Striemen von Schlägen, blaue Flecke, Quetschungen am ganzen Körper. Wer hatte die Kleine so zugerichtet? Aber da saß sie und lächelte. Der ganze Körper lächelte in seiner Armseligkeit.
Ich glaube, Anna war in diesem Moment zum ersten Mal in ihrem Leben vollständig glücklich und zufrieden.
Nach dem Bad wickelten wir sie in eines von Stans alten Hemden. Es war ihr viel zu groß, aber das machte nichts. Wir fragten und fragten. Aber es gab keine Antworten. Außerdem hatten die Antworten auf so viele Fragen auch Zeit bis morgen, bis übermorgen. Stan und ich machten auf dem alten schwarzen Ledersofa ein Bett für Anna zurecht. Ich schlief nebenan im Wohnzimmer, einem Raum, der vollgestopft war mit staubigen Blattpflanzen und abenteuerlichen Nippes. Zwischen Annas Ledersofa und meinem Wohnzimmerbett gab es einen Vorhang an Holzringen. Klack-klack-klack machten sie, zog man den Vorhang auf und zu. Draußen vor dem Fenster stand die Straßenlaterne – sie schien durch die Tüllgardinen, so war das Zimmer immer hell. Tag und Nacht rasten Züge vorbei. Ich sagte schon, daß unsere Wohnung am Bahndamm lag. Nach neunzehn Jahren war man den

Lärm gewöhnt, man wäre erschrocken gewesen, wären plötzlich keine Züge mehr vorbeigedonnert.

Annas Bett war gerichtet. Sie saß noch immer in der Küche in dem alten Rohrsessel. Bossy, die Katze, schnurrte auf ihrem Schoß, Patch, die fabelhafteste Promenadenmischung, die es je gegeben hatte, schlug zu ihren Füßen ab und zu wohlwollend mit dem Schwanz auf den Boden. Ein paar Wasserpfützen auf dem Küchenboden erzählten noch von der ausgiebigen Planscherei.

Und wir alle hatten diesen albernen Kloß im Hals – dies zuschnürende Gefühl, das Kinder befällt bei dem Gedanken, heute, bald, in einer halben Stunde ist Weihnachten.

Anna hatte mich vor zwei Stunden gefragt: «Hast du mich lieb?» Jetzt war ich froh, daß ich ja gesagt hatte. Es gab gar nichts anderes als ja.

Meine Mutter sagte: «Also ins Bett jetzt. Sonst sind wir alle morgen nicht zu brauchen.»

So nahm ich Anna auf den Arm und trug sie zu ihrem Sofabett. Ich wollte sie zudecken, aber das war falsch.

«Betest du nich?» fragte sie.

«Na ja, schon, nachher, wenn ich auch schlafen gehe.»

«Ich will aber mit dir zusammen beten», sagte sie. So knieten wir beide vor dem häßlichen Sofa, und Anna betete:

«Mister Gott, hier spricht Anna. Vielen Dank, daß Fynn mich liebhat. Das wollt ich dir bloß schnell sagen. Und jetzt schlaf gut.»

Mister Gott bekam einen Gutenachtkuß in die Luft – irgendwie würde er ihn schon erreichen. Auch ich bekam einen. Und später lag ich schlaflos im Bett. Der Nebel wallte um die Straßenlaterne vor dem Fenster. In meinem Kopf wallten ebensolche Nebel hin und her. Irgend etwas war plötzlich anders geworden.

Nach zwei Stunden hörte ich das Klack-klack-klack der Vorhangringe. Anna kam angeschlichen, leise, leise.
«He, Fratz», sagte ich.
Sie flüsterte: «Darf ich zu dir?» Und schon schlüpfte sie unter meine Decke, wuschelte ihren Kopf fest an meinen Hals. Und ihre Tränen liefen auf meine Brust. Zu sagen gab's da überhaupt nichts.
Von vergebens unterdrücktem Gekicher wachte ich am nächsten Morgen auf. Anna lag noch immer in meinem Bett. Aber Tränen hatte sie keine mehr. Carol stand bereits angezogen da und kicherte auch. Alles das in weniger als zwölf Stunden.

4

Mister Gott ist kein Problem

Wochenlang versuchten wir herauszukriegen, woher Anna eigentlich kam. Wir fragten lieb, wir fragten raffiniert, wir behaupteten, alles zu wissen. Es nützte nichts. Sie schwieg und machte ein Gesicht, als sei sie geradewegs vom Himmel gefallen. Jedenfalls glaubte ich das – Stan war natürlich mal wieder viel sachlicher und lehnte derlei Vermutungen ab. Das einzige, was wir sicher wußten, sie ging in keine «Scheißpolizeistation». Möglich aber auch, daß sie das von mir übernommen hatte. Dabei kam ich eigentlich mit den Polizisten ganz gut aus. In jenen Tagen gab's noch diesen komischen Begriff «die Polizei dein Freund und Helfer». Die Jungs halfen manchmal wirklich, auch wenn sie einen bei irgendwelchen nicht ganz sauberen Dingern erwischten. Zur Polizei also konnten wir mit Anna nicht gehn. Außerdem wollten wir sie behalten.

Innerhalb weniger Tage hatte sie die Macht an sich gerissen. Die Kinder auf der Straße balgten sich um ihre Gunst. Beim Hinkepinke, beim Murmelspiel wollte jeder nur mit ihr spielen. Was sie vom Kreiseln, Laufen, Seilspringen nicht wußte, war auch für niemand anderen wissenswert.

Unsere Straße, zwanzig Häuser lang, war eine Art «Vereinte Nationen». Außer grün und blau waren alle Hautfarben vertreten. Es war eine interessante Straße. Niemand hatte Geld. Und ich kann mich nicht erinnern, daß je eine Haustür zur Tages- oder Nachtzeit abgeschlossen wurde. Eine gute Straße zum Leben. Die Leute waren freundlich. Aber einige Wochen, nachdem Anna von dieser Straße Besitz ergriffen hatte – ja, so konnte man es wohl nennen –, nach einigen Wochen also waren die Leute nicht nur freundlich, sondern sie strahlten geradezu.

Sogar die eigensinnige Bossy schmolz dahin. Bossy war ein kriegerisches Katzenvieh mit spitzen Ohren, das alle menschlichen Subjekte für Vollidioten hielt. Aber unter Annas Einfluß wurde Bossy sanft. Sie streunte nicht mehr herum und betrachtete Anna als gleichberechtigt.

Ich konnte mir nach Bossy die Lunge aus dem Hals schreien, sie hätte nicht einmal die Ohren gespitzt. Anna brauchte nur «Bossiiiii» in die Luft zu flüstern, und wie aus dem Boden gewachsen erschien sie geisterhaft in Sekundenschnelle. Sie war sonst eine zwölf Pfund schwere Furie. Entdeckte sie ihr frisches Futter in Zeitungspapier gewickelt auf dem äußeren Fensterbrett, so klaute sie es selbstverständlich nicht, sondern lauerte in einem Versteck, bis jemand kam, der unerlaubt die Hand nach dem Paket ausstreckte. Dann stürzte Bossy hervor mit gesträubten Haaren und spitzen Krallen, um die Mahlzeit zu verteidigen und danach augenblicklich zu verschlingen. Meine blutig zerkratzten Arme sind der beste Beweis dafür. Anna zähmte die Katze an einem Tag. Mit erhobenem Zeigefinger ließ sie eine Epistel über das Laster der Gefräßigkeit und die Tugend der Geduld los. Schließlich fraß Bossy ihr Fleisch manierlich in fünf Minuten statt in den sonst üblichen dreißig Sekunden. Sie ließ sich von Anna füttern. Annas Haut hatte nicht den kleinsten Kratzer.

Patch, der Hund, saß stundenlang zu ihren Füßen und heulte immer neue Melodien, zu denen er den Takt mit dem Schwanz auf den Boden klopfte.

Anna war eine Zauberin, aber niemanden verzauberte sie so gründlich wie mich. Fragte mich meine Mutter früher, wann ich heimkäme, so grunzte ich ein unbestimmtes «irgendwann

vor Mitternacht». Jetzt war das anders. Ging ich morgens zur Arbeit, begleitete mich Anna bis zur Straßenecke und drückte mir einen nassen Kuß ins Gesicht. Darauf schaute sie mich an und sagte: «Bis um sechs.»
Noch vor kurzer Zeit gab es an meinem Heimweg eine Menge Pinten und Kneipen, in denen ich ein Bier schüttete und häufig Freunde traf. Jetzt sah ich sie nicht mehr. Ich ging einfach nach Hause. Bog ich um die letzte Ecke, so wartete sie dort. Ob Regen, Schnee, Sonnenschein oder Sturm, Anna war da, um mich abzuholen. Ihre roten Haare leuchteten um die Wette mit einer giftgrünen Haarschleife. Manchmal kam sie langsam, ernst auf mich zu und berührte nur leicht meine Hand zum Gruß. Manchmal raste sie wie ein Schnellzug auf mich los und warf sich in meine geöffneten Arme. Hand in Hand gingen wir und schwiegen, oder es waren da die vielen Warum-, Weshalb-, Wieso-Fragen. Wie viele Probleme gab es? Nur die Sache mit Mister Gott war kein Problem. Das hatte Anna längst gelöst. Häßlichkeit war dazu geschaffen, daß man sie in Schönheit verwandelte; traurige Leute gehörten glücklich gemacht, und bei alldem hatte man Mister Gott als verläßlichen Partner. Seine Aufgabe war es, überall mitzumachen.
Die Bibel beispielsweise brauchte man dazu überhaupt nicht. Die Botschaft war einfach, und jeder Halbidiot konnte den Inhalt der Bibel in bestenfalls dreißig Minuten kapieren. Religion war dazu da, daß man etwas tat, und nicht, um darüber zu lesen, was man tun könnte. Die Bibel war höchstens was für Kleinkinder in der ersten Klasse. Anna war über dieses infantile Stadium längst hinaus.
Unser Pfarrer fragte sie einmal: «Glaubst du an Gott, Anna?»
«Ja.»
«Weißt du, was Gott bedeutet?»
«Ja.»

«Was bedeutet er also?»
«Na eben, daß er Mister Gott ist.»
«Gehst du in die Kirche?»
«Nein.»
«Warum nicht?»
«Weil ich schon alles weiß.»
«Und was weißt du alles?»
«Ich weiß, daß ich Mister Gott liebhab und Leute und Katzen und Hunde und Spinnen und Blumen und Bäume ... und überhaupt alles; ich ganz allein mit meiner ganzen Figur.»
Carol grinste, Stan schnitt eine Fratze, und ich zündete mir rasch eine Zigarette an, wobei ich mich furchtbar am Rauch verschluckte und gräßlich husten mußte. O heiliger Kindermund, der imstande ist, alles in einem einzigen Satz zusammenzufassen. Und Gott sprach, liebe deinen Nächsten wie dich selbst – und das möglichst mit deiner ganzen Figur.
Die ganze Institution, genannt Kirche, war für Anna eine suspekte Sache. Gab es da tatsächlich Erwachsene, die in diesen Kindergarten gingen, so ging ihr die Beterei im Kollektiv gegen den Strich. Sie hatte ihre eigenen, höchst privaten Gespräche mit Mister Gott. Dafür aber eine Kirche aufzusuchen, das war in hohem Maß lächerlich. War Mister Gott nicht überall zu finden, so gab es ihn überhaupt nicht. Also waren diese turmbewehrten Häuser in jedem Fall überflüssig. Das war so einfach wie logisch. Gut, wenn man ein kleines Kind war, so etwa von vier Jahren, dann ging man einmal hin und bekam die heilige Botschaft erzählt. Und dann wußte man sie eben und richtete sich danach. Leute, die später noch weiter in die Kirche rannten, waren zu dumm, oder sie taten das aus Angeberei.

5

Anna sammelt Wörter

Abends las ich Anna aus meinen Büchern vor. Sie hatte beschlossen, mit mir zu leben, also hatte ich ihr laut vorzulesen, damit sie an meinem Leben teilnehmen konnte. Was mich interessierte, interessierte auch sie. Nach einem Jahr hatte sie drei Lieblingsbücher. Eines war ein Fotobuch ohne jeden Text, dafür mit einer Unzahl Mikroskopaufnahmen von Schneeflocken und Eiskristallen; das zweite war die *Lehre von der vollkommenen Harmonie* und als drittes wählte sie Mannings *Geometrie der vier Dimensionen.* Jedes dieser Bücher machte ihr gewaltigen Eindruck. Sie verschlang solche für ein Kind verrückten Dinge und produzierte aus dieser Mischung eine eigene Philosophie.

Am liebsten mochte sie jenes Kapitel aus der *Harmonie,* das sich mit der Deutung der Dinge beschäftigt. Ich las vor, und sie hörte zu und bedachte jedes neue Wort und seine Bedeutung. Dann entschied sie, ob der Autor recht hatte. Meistens schüttelte sie enttäuscht den Kopf. Die Erklärung schien ihr nicht gut genug. Manchmal stimmte alles, Wort, Name, Bedeutung, alles paßte zusammen, und sie strampelte aufgeregt herum.

«Schreib das auf, schreib das für mich auf», rief sie.

Und ich schrieb das Wort in großen Buchstaben auf ein Stück Papier. Sie starrte das Wort mehrere Minuten lang an, wie um es nie mehr zu vergessen. Dann verschwand der Zettel in einer ihrer vielen Schachteln.

«Jetzt das nächste, bitte», verlangte sie. Für manche Worte

brauchte sie fünfzehn und mehr Minuten, um zu entscheiden: War das Wort wert, aufgehoben zu werden, oder nicht. Sie traf ihre Entscheidung in völliger Stille. Bewegte ich mich auch nur ein wenig, hob sie unwillig den Kopf und legte mir ihren Zeigefinger auf den Mund. Still. Still. So wartete ich geduldig. Wir brauchten vier Monate für den ganzen Abschnitt. Und es gab Augenblicke hoher Erregung oder tiefer Enttäuschung, die ich damals nicht verstand. Erst viel später kam ich dem Geheimnis ein wenig näher.

Seit unserer ersten Begegnung hieß der liebe Gott also Mister Gott. Den Heiligen Geist hatte sie Vehrak getauft; nur sie allein wußte, weshalb. Jesus war einfach Mister Gotts kleiner Junge. Eines Abends waren wir bis zum Buchstaben «J» gekommen. Da stand der Name. Ich las *Jesus,* aber ich hatte das Wort kaum ausgesprochen, da sagte sie: «Nein.» Dann kam eine abwehrende Handbewegung und: «Das nächste.»
Wer war ich, da zu argumentieren? Das nächste Wort war das hebräische *Jether.* Sie ließ mich den Namen dreimal sagen, dann sah sie mich an und verlangte die Erklärung. So las ich für sie: «Jether, er, der Auserwählte oder der Immerwährende, er, der Forscher und Sucher, er, der Weg oder die Linie.»
Das Ergebnis war verblüffend. Mit einem Satz sprang sie von meinem Schoß, drehte sich zu mir um, starrte mich an, die Fäuste geballt. Sie zitterte vor Erregung. Einen Augenblick lang dachte ich, sie sei krank. Aber das war es nicht. Was da geschah, ging tiefer als irgendeine Erklärung, tiefer, als irgend jemand erfassen mochte. Sie strahlte. Sie war voller Freude.
«Es ist wahr, ich weiß es. Das stimmt, das ist wahr, ich weiß es», rief sie und rannte in den Garten hinaus. Ich wollte hinterher, aber Mutter hielt mich zurück.

«Laß sie», sagte sie, «sie ist glücklich. Sie hat etwas Besonderes, sie hat das Gesicht.»

Erst nach einer halben Stunde kam Anna zurück und kletterte wortlos auf meinen Schoß. Dann lächelte sie mich an mit diesem besonderen Lächeln und sagte: «Schreib das für mich auf, mit ganz großen Buchstaben.» Darauf lehnte sie ihren Kopf an meine Schulter und schlief sofort ein. Sie erwachte nicht einmal, als ich sie zu Bett brachte.

Es dauerte Monate, bis ich nicht mehr befürchtete, sie habe vielleicht Epilepsie.

6

Die Erforschung des Blubblubbs

Meine Mutter sagte immer, meine zukünftige Frau täte ihr jetzt schon leid. Denn die müßte es mit drei Geliebten aufnehmen – mit Mathematik, Physik und elektrischen Basteleien. Sie behauptete, ich würde lieber ein Bügeleisen auseinandernehmen als essen oder schlafen. Ich kaufte mir keine Armbanduhr, keinen Füllfederhalter und sehr selten neue Hosen, aber ich hatte immer meinen Rechenschieber dabei. Dieses Ding faszinierte Anna, und augenblicklich mußte sie auch so etwas haben. Sie lernte, Quadratwurzeln zu ziehen, bevor sie fünf und fünf zusammenzählen konnte. Mit dem linken Daumen schiebt man an dem Ding herum, und schon schreibt die rechte Hand die Ergebnisse. Es war ein Vergnügen, Anna «arbeiten» zu sehen.
«Na, geht's voran?» fragte ich.
Sie wandte mir ihr ernstes Gesicht zu, und gleich darauf kam dieses Lächeln, das die absolute Freude verkündete.
Abends spielten wir beide Klavier. Ich konnte ein paar einfache Stücke. Ein bißchen Mozart, ein bißchen Chopin, Sachen wie *Anitas Tanz*. Außer dem Klavier gab es natürlich noch meine elektrische Spielereien. Einen Verstärker und das magische Auge, das die verschiedenen Tonhöhen in tanzendes grünes Licht verwandelte, ein Zauberding, von dem Anna sich schwer trennte. Da saßen wir stundenlang und schlugen einzelne Töne an, und das magische Auge machte daraus die Farbe Grün.
Und erst das Mikrophon. Was für Töne entdeckten wir, Anna

und ich. Eine Raupe, die an einem Blatt fraß, klang wie ein hungriger Löwe, die Fliege im Marmeladenglas dröhnte wie ein Düsenjet, und riß man ein Streichholz an – das Mikrophon machte daraus eine tobende Explosion. Tausend neue Töne gab es plötzlich. Anna hatte eine unbekannte Welt gefunden, die es weiter und weiter zu entdecken galt. Wieviel ihr diese neue Welt wirklich bedeutete, ahnte ich nicht. Mir genügte ihre Freude und Begeisterung.

Es dauerte nur kurze Zeit, bis ich bemerkte, daß so abstrakte Dinge wie Frequenzen oder Wellenlängen für Anna durchaus nicht abstrakt waren. Sie verstand, was sie hörte und sah, und sie wußte, warum es so und nicht anders sein mußte.

An einem Sommernachmittag spielte sie mit den anderen Kindern auf der Straße, als eine dicke Hummel sich zu ihnen verirrte. Eines der Kinder fragte: «Wie oft bewegt die wohl die Flügel in einer Minute?»

«Millionenmal», sagte ein anderes.

Anna kam ins Haus hereingerast und summte einen tiefen Brummton. Mit ein paar schnellen Versuchen am Klavier hatte sie die richtige Tonlage gefunden – ihren Brummton, der das Gesumm der Hummel war.

Sie sagte: «Kann ich mal schnell dein Schieber ham?»

Nach ein paar Sekunden schrie sie den andern zu:

«Die Hummel bewegt die Flügel so und so viele Male in der Sekunde.« Niemand glaubte es. Es war ein wenig verrückt, aber es stimmte fast genau.

Von da an wurde jedes Geräusch gesammelt und untersucht.

Das Mittagessen begann mit der Frage:

«Weißt du, wie oft eine Mücke die Flügel in einer Sekunde bewegt?»

Das Ganze führte uns unweigerlich zur Musik. Jede Note wurde überprüft, jeder Ton untersucht. Anna dachte sich eigene Melodien aus, sie spielte mit Tönen. Sie sang und

tanzte durchs Haus. Ihre Kompositionen hießen *Fynny Fynn, Lach mal* und *Mister Gott tanzt*.
Ich glaube, Annas einziges Problem war, daß die Stunden zu schnell vorbeirasten. Es gab so viel Arbeit. Jede Minute brachte neue aufregende Dinge.
Am meisten liebte sie das Mikroskop. Es machte die winzige Welt groß. Eine Welt von verwirrenden Formen und Farben, eine Welt voll mit Wesen, die normalerweise unsichtbar waren. Sogar der Dreck war ein erstaunliches Wunder.
Vor dieser Entdeckungsreise in die Abenteuerwelt der Winzlinge war Mister Gott Annas Freund und Kamerad gewesen. Aber das hier ging ein bißchen zu weit. Hatte Mister Gott die Stirn gehabt, alle diese Merkwürdigkeiten höchst persönlich zu schaffen, so war er offenbar doch noch größer, als Anna bisher angenommen hatte. Man mußte darüber nachdenken. In den nächsten Wochen wurde sie stiller und stiller. Sicher, sie spielte weiter mit den anderen Kindern, aber es gab da eine sichtbare Veränderung. Sie war in sich gekehrt, kletterte auf einen Baum und saß da oben stundenlang allein. Nur Bossy, die Katze, durfte neben ihr sitzen. Wohin immer Anna schaute, es gab immer mehr Dinge. Sie ging herum, strich vorsichtig über Gegenstände, als habe sie den Schlüssel zu einem Geheimnis verloren. Sie redete kaum noch und beantwortete jede Frage mit dem kürzesten Satz, der ihr einfiel. Schließlich war sie offenbar mit ihren Gedanken ins reine gekommen.
«Kann ich mal heute in dein Bett komm'n?» fragte sie.
Ich nickte.
«Jetzt sofort?» Sie nahm mich bei der Hand und zerrte mich zur Tür.
Ich habe das noch nicht erklärt. Gab es Probleme in Annas Leben, die nicht leicht zu lösen waren, so gab es nur ein Rezept: ausziehen, ins Bett gehen, nachdenken. So legten wir

uns ins Bett. Die Straßenlaterne erleuchtete das Zimmer mit einem Dämmerschein. Sie legte den Kopf in beide Hände, beide Ellbogen bohrten Löcher in meine Brust. Ich wartete. Zehn Minuten verstrichen, bis sie ihre Gedanken geordnet hatte. Dann ging's los.

«Mister Gott hat ganz bestimmt alles selbst gemacht?»

Sollte ich sagen, ich weiß es nicht? Ich sagte: «Ja.»

«Auch Scheiße und Sterne und Tiere und Leute und Bäume? Auch die Blubblubbs?»

Blubblubbs waren die komischen Winzlinge, die sie unter dem Mikroskop gesehen hatte.

Ich sagte: «Er hat bestimmt alles gemacht.»

Sie nickte. «Glaubst du, daß Mister Gott uns wirklich liebhat?»

«Klar», sagte icht. «Er hat überhaupt alles lieb.»

«Warum gehn dann Sachen kaputt oder tot?»

«Keine Ahnung», sagte ich. «Gibt 'nen Haufen Sachen, die wir nicht wissen.»

«Na schön. Wenn wir aber so viele Sachen nicht wissen, warum wissen wir denn, daß Mister Gott uns liebhat?»

Das konnte ja heiter werden. Aber Anna war in Eile. Gott sei Dank, verlangte sie nicht sofort eine Antwort. Sie fuhr fort: «Also die Blubblubbs hab ich ganz furchtbar lieb. Ich könnte platzen, so lieb hab ich sie, aber die Blubblubbs wissen das kein bißchen, daß ich sie so liebhab, nich? Ich bin millionen- und millionenmal größer als die Blubblubbs, und Mister Gott is millionenmal größer als ich. Warum weiß ich, was er macht? Und warum wissen die Blubblubbs nicht, was ich mach?»

Sie schwieg einen Moment. Nachdenklich. Später schien es mir, als habe sie in diesem Augenblick ihre Kindheit verloren, aber das war wohl bloß ein sentimentaler Gedanke. Sie sagte:

«Fynn. Mister Gott hat uns nicht lieb.» Sie zögerte. «Bestimmt nicht, verstehst du? Bloß Leute können liebhaben. Ich hab Bossy lieb, aber Bossy hat mich nicht lieb. Ich lieb die Blubblubbs, aber sie mich nicht. Ich hab dich lieb, Fynn, und du hast mich lieb.»

Ich legte den Arm um sie.

Sie sagte: «Du hast mich lieb, weil du Fynn bist, so wie ich Anna. Und ich lieb Mister Gott, aber er mich nicht.»

Das war ein Tiefschlag. Verdammter Mist, dachte ich. Warum mußte das passieren. Jetzt hatte sie ihr Vertrauen, ihre Sicherheit verloren. Aber ich täuschte mich. Hier war nichts verloren. Anna wanderte sicher wie eine Nachtwandlerin auf gefährlichem Weg.

Sie sagte: «Er hat mich nicht so lieb wie du, es ist bloß anders, nämlich millionenmal größer.»

Offenbar hatte ich mich bewegt. Sie reckte sich, setzte sich auf die Fersen, hockte da und kicherte. Schließlich kroch sie näher zu mir. Wußte sie von jenem winzigen Schmerz, der mich angerührt hatte? Mit der Sicherheit des Chirurgen schnitt sie in die Wunde, die ein nutzloser Funke Eifersucht gebrannt hatte.

Sie sagte: «Fynn, du hast mich lieber als irgendwer sonst, und ich hab dich auch lieber als irgendwer sonst. Aber mit Mister Gott ist das anders. Siehst du, Fynn, Leute lieben von außen rein, und sie können von außen küssen, aber Mister Gott liebt dich innen drin und kann dich von innen küssen, darum isses anders. Mister Gott is nich wie wir. Wir sind bloß ein bißchen wie er. Aber nich sehr viel.»

Anna hatte Blei in Gold verwandelt. Alle weisen Definitionen des Gottesbegriffes waren bei ihr überflüssig. Gnade, Liebe, Gerechtigkeit dienten als schwache Stützen zur Beschreibung des Unbeschreibbaren. Anna brauchte solche Stützen nicht.

«Siehst du, Fynn, Mister Gott ist auch anders, weil er Sachen zu Ende machen kann, und wir können das nicht. Ich kann überhaupt nie aufhören, daß ich dich liebhab. Ich bin schon Millionen Jahre tot, bevor ich damit aufhören kann. Aber Mister Gott kann einfach aufhören, wenn er will, verstehst du? Und darum ist es anders.»
Eine ziemliche Salve, die sie da auf mich abgeschossen hatte. All das mußte man doch bedenken, aber Anna ersparte mir nichts, sie gab mir keine Zeit. Ihre Artillerie feuerte weiter.
«Fynn, warum machen Leute Krieg und Totschießen und solche Sachen?»
Ich stöhnte, stotterte herum. Es war ein bißchen viel auf einmal ...
«Fynn, wie heißt das, wenn ich sagen will, ich denk das anders als du?»
Ein paar Minuten probierten wir herum, dann fanden wir das Wort, das sie suchte: Standpunkt.
«Fynn, das ist der Unterschied. Alle Leute haben verschiedene Standpunkte, aber Mister Gott nicht. Mister Gott steht auf allen Punkten.»
In diesem Moment hatte ich nur einen Wunsch: weg von ihr, weg von hier. Ein langer Spaziergang wäre jetzt gut. Was wollte dieses Kind; was hatte Anna getan? Gott konnte Dinge zu Ende bringen, ich aber nicht. Na gut, doch was bedeutete all das? Es schien, als hätte sie einfach die Idee «Gott» aus ihrer Begrenzung gezerrt. Sein Reich war die Ewigkeit, und Anna verstand alles. Menschen hatten eine begrenzte Anzahl von Standpunkten, Gott aber stand auf allen diesen Punkten, und jeder dieser Punkte war deshalb ebenso richtig wie jeder andere. Ob sie das meinte? Ich fragte sie, und sie nickte befriedigt. Dann brach sie in ihr großes Gelächter aus.
«Ätsch, jetzt weißt du es. Ätsch», lachte sie, «aber es gibt

noch einen Unterschied. Mister Gott kennt alle Sachen und Leute auch von innen. Und wir kennen sie bloß von außen. Und darum können wir auch nicht von außen über Mister Gott reden. Das ist nicht richtig.»

Noch eine Viertelstunde lang redete sie weiter. Noch mehr Argumente, noch mehr Erklärungen. Dann drückte sie mir einen Kuß direkt auf die Nase und sagte:

«Isses nich fabelhaft? Weißt du noch das Buch über die vier Dimensionen . . .?»

«Ja, warum?»

«Ätsch, jetzt weiß ich, wo die vierte Dimension ist. Sie ist direkt in mir drin.»

Jetzt langte es aber. Ich klaubte all meine Autorität zusammen und drohte. «Schluß jetzt. Es ist spät. Geh zu Bett. Wenn du nicht augenblicklich schläfst, versohl ich dir den Hintern.»

Sie quietschte los, sah mich an und grinste. Dann legte sie sich bequem in meinen Arm. «So was tust du überhaupt nie», sagte sie schläfrig.

7

Rasen betreten verboten

Annas erster Sommer mit uns war voller Abenteuer und Entdeckungen. Für unseren ersten Ausflug in die Stadt bekam sie einen Schottenrock, neue Schuhe und karierte Strümpfe. Sie drehte und wendete sich und wirbelte auf den Zehenspitzen herum. Der Faltenrock sah dabei aus wie ein Fallschirm. Anna sprang wie ein Rehkitz, flog wie ein Vogel, sie balancierte wie ein Seiltänzer auf dem Kantstein entlang, und sie schritt einher wie Millie, die «Irma la Douce» in unserer Straße. Sie hatte Millie diesen Gang abgeguckt. Sie schwenkte ein wenig die Hüften, die Falten schwangen mit, Anna lächelte die Passanten an mit einem verschmitzten Blinzeln in den Augenwinkeln. Die Leute lächelten zurück und konnten gar nicht anders. Anna kannte ihre Wirkung auf Menschen und nützte sie skrupellos aus. Sie verzauberte streunende Katzen, Hunde, Tauben und Pferde, gar nicht zu reden von Briefträgern, Milchmännern, Busschaffnern und Polizisten.
Wir kamen in einen anderen Stadtteil. Die Häuser wurden größer und größer. Anna blieb der Mund offenstehen. Sie rannte vorwärts und kam zurück wie ein junger Hund, den man von der Leine läßt. Sie machte, was die Anzahl der Kilometer betraf, unseren Spaziergang mindestens dreimal. Schließlich blieb sie verwirrt stehen.
«Leben da lauter Könige und Königinnen?» fragte sie. «Sind das alles Schlösser?»
Die Bank von England gefiel ihr überhaupt nicht und St. Paul's Cathedral auch nicht. Da waren doch die Tauben viel

schöner und interessanter. Sie setzte sich zu ihnen auf das Straßenpflaster und hielt ihnen Brotkrümel hin, die wir mitgenommen hatten. Sie ließ die Blicke herumflitzen, beobachtete Passanten und den Straßenverkehr. Manchmal schüttelte sie mißbilligend den Kopf, und ich wußte nicht, warum. Sie sah aus wie jemand, der eine Sparbüchse schüttelt und schüttelt und versucht, ein paar Münzen durch einen allzu schmalen Schlitz zurückzuangeln. Ich blieb in ihrer Nähe und sagte nichts. Das hatte ich inzwischen gelernt. Auf Fragen wie «Na, was ist los?» antwortete sie höchstens «Still, ich denk nach». Und nur wenn sie ihre Gedanken gar nicht mehr ordnen konnte, begann sie zu fragen. Sie brauchte jemanden, der offene Ohren für sie hatte. Heute fragte sie nichts, sagte nichts, das war ein schlechtes Zeichen.

Wir gingen schweigend weiter zum Hyde Park hinüber. Und plötzlich waren da Wiesen, Wäldchen, der Fluß. Eine Landschaft. Mir fiel ein, daß Anna bis jetzt nur Häuser, schmutzige Fabriken, Schornsteine und Kräne gesehen hatte. Ich hatte nie darüber nachgedacht, was sie alles nicht kannte. Und nun war da der riesige Park. Auf ihre Reaktion war ich allerdings nicht vorbereitet. Sie riß die Augen auf, schaute einmal um sich, dann vergrub sie ihr Gesicht in meinem Schoß, umschlang meine Beine mit beiden Armen und begann jämmerlich zu schluchzen. Ich nahm sie auf den Arm, und sie umklammerte mich mit Armen und Beinen. Die Tränen liefen mir in den Hemdkragen. Streicheln und gutes Zureden wollten da nichts nützen. Nach ein paar Minuten schaute sie, noch ein wenig verstört, über meine Schulter, hörte aber auf zu weinen. Ich fragte: «Willst du nach Haus, Fratz?»

Sie schüttelte den Kopf. «Jetzt laß mich runter.» Ich dachte, sie würde mit einem Satz davonrasen. Ich kannte ihre Abenteuerlust und Entdeckerfreude. Aber sie hielt meine Hand fest gepackt, und so entdeckten wir den Park gemeinsam.

Anna hatte ihre Ängste und Schrecken wie jedes Kind, aber im Gegensatz zu vielen anderen dachte sie darüber nach und baute sie in ihr Leben ein.
Wer ermißt, wie groß Kinderangst ist? Was war das heute? War Anna nur scheu, war sie alarmiert, oder lief ihr die ganz große Lebensangst eiskalt den Rücken hinab? War der Hyde Park schlimmer als ein zehnköpfiges Ungeheuer? Nur manchmal ließ sie meine Hand los, um einen Stein, ein Blatt, einen Zweig aufzuheben. Jedesmal schaute sie nach, ob ich noch da sei. Sie brauchte Schutz und Sicherheit. Sie lächelte, wenn sie mich sah.
Als ich in ihrem Alter war, hatten meine Eltern mich ans Meer mitgenommen. Das Wasser, die Wellen, die vielen Menschen an jenem Strand hatten mich zu Tode erschreckt. Ich hielt mich fest an der Hand meines Vaters, und dann war es plötzlich gar nicht mehr mein Vater, sondern ich klammerte mich an einen Fremden und hatte es nicht bemerkt. Die Welt ging aus den Fugen. Es war das Ende.
Ich sah Annas Ängste, und sie war sicher, daß ich sie verstand.
Plötzlich hörte ich den Parkwächter irgend etwas laut rufen. Sie kniete vor einem Blumenbeet. Ich hatte vergessen, ihr zu sagen, daß man nicht auf den Rasen gehen darf. Anna würde selbst dem Teufel nicht nachgeben, wenn sie im Recht war, geschweige denn einem Parkwächter. Aber noch eine Katastrophe heute nachmittag wäre zu viel gewesen. Ich rannte zu ihr, hob sie hoch und stellte sie auf dem Weg wieder auf die Füße.
«Der Idiot da», sagte sie böse und wies mit anklagendem Finger in eine Richtung, «der Idiot sagt, ich soll vom Gras runter.»
«Ja. Auf dies Stück hier darfst du nicht.»
«Aber es ist das schönste Stück!»

«Guck dir die Tafel an. Da steht ‹Rasen betreten verboten›.» Sie studierte das Schild mit großer Konzentration. Später am Nachmittag saßen wir auf einer Bank und aßen Schokoladenrosinen. Sie sagte: «Blöde Wörter!»
«Welche Wörter?»
«Na die da ‹Rasen betreten verboten›. Immer ist alles verboten. Das schönste Gras darf man nicht haben. In der Kirche darf ich nicht tanzen, keinen Krach machen, nicht mal Mister Gott eine Geschichte erzählen. Alles verboten.»
Ich dachte daran, welche Art Gottesdienst Anna wohl gefiele, vielleicht einer mit Tanz, Gesang und Kinderkrach, und ich bin sicher, daß Mister Gott so etwas gelegentlich sehr geschätzt hätte.
Sie war mit ihrem Kummer noch nicht fertig. Sie fragte: «Weißt du, warum ich heute morgen geheult hab?»
«Ungefähr.»
«Es war ganz schrecklich. Ich wurde plötzlich immer kleiner und kleiner, so klein, daß ich fast überhaupt nicht mehr da war.»
Ihre Stimme klang dünn, wie von weit weg, aber plötzlich kam sie wieder. Strahlend sagte sie: «Aber es gibt mich noch, siehste.»

8

«Die Leute sehen überhaupt nix!»

Annas größte Entdeckung in diesem Jahr waren Buchstaben. Sie entwickelte eine irrwitzige Geschäftigkeit. Im Haus lagen plötzlich Haufen von kleinen blauen Notizblöcken und abgerissenen Papierschnipseln herum. Was immer für Anna neu war, wurde aufgeschrieben, aber nicht von ihr selbst. Das hatte sie noch nicht gelernt. So hielt sie einfach auf der Straße wildfremden Leuten Papier und Bleistift hin und sagte:
«Bitte schreiben Sie mir das auf? Und ganz groß, wenn's geht.»
Dieses «Schreiben Sie das auf, aber groß» stiftete häufig Verwirrung. Das kleine Mädchen mit den roten Haaren und dem forschenden Blick wirkte auf die meisten Leute sogar ein bißchen beängstigend. Also versuchten viele sie mit einem kurzen «Verschwind, Kleine» oder «Stör nicht dauernd» zu vertreiben. Aber Anna ließ nicht locker. Sie war nicht so leicht zu verscheuchen, wenn es um Entdeckungen ging.
Viele Abende saß ich auf den Treppenstufen vor unserer Haustür und beobachtete, wie sie großäugig und bittend mit den Leuten sprach. Eines Abends war sie von allen abgewiesen worden. Sie sah traurig aus. Es wurde Zeit, sie in die Arme zu nehmen und zu trösten. Ich stand auf und ging zu ihr hinüber.
Sie wies auf das abgefallene Stück eines schmiedeeisernen Gartengitters. «Jemand soll darüber was Schönes aufschreiben, aber niemand sieht es.»

«Vielleicht sind die Leute zu beschäftigt?» fragte ich.
«Nee, gar nich. Sie sehn's bloß nich. Sie verstehn einfach nicht, was ich will.»
Diesen Satz hörte ich jetzt immer häufiger: «Sie verstehn es nicht, sie verstehn es nicht.»
Ich sah ihre Enttäuschung und wußte, wenn auch undeutlich, was zu tun war. Oder zumindest glaubte ich, es zu wissen. Ich nahm sie auf den Arm und sagte: «Sei nicht enttäuscht, Fratz.»
«Ich bin nicht enttäuscht, bloß traurig.»
«Ach was, mach dir nichts draus. Ich schreib es für dich auf, ganz riesig groß.»
Sie strampelte sich los, sammelte ihre Zettel zusammen und senkte den Kopf. Die Tränen liefen. Was konnte man nur tun? Ich wußte es also offenbar auch nicht.
Meine Gedanken drehten sich im Kreis. Nichts fiel mir ein. So stand ich da und wartete. Sie war so niedergeschlagen, so weit weg. Ich wußte, sie hätte sich gern an mich geschmiegt. Warum tat sie es nicht? Sie stand nur da und kämpfte mit sich selbst. Straßenbahnen fuhren kreischend um die nächste Ecke, Leute machten Einkäufe, fliegende Händler boten schreiend ihre Waren feil. Und wir beide standen nur da. Anna horchte in sich hinein. Sie starrte auf neue Bilder, die ihre zitternde kleine Seele gemalt hatte. Schließlich sah sie auf. Ihre Augen suchten meine Augen. Plötzlich fror es mich, und ich hatte den Wunsch, irgend jemanden kräftig zu verprügeln. Diesen Blick kannte ich, obwohl ich ihn noch nie bei ihr gesehen hatte: Anna war nicht nur traurig, sie trauerte, und das war etwas anderes. Durch ihre weit geöffneten Augen hindurch sah ich, wie allein sie war. Kindereinsamkeit stand in diesen Augen.
«Du sollst überhaupt nix schreibm!» Sie versuchte ein kleines Lächeln, aber es gelang nicht. Sie zog die Nase hoch und

sagte: «Ich weiß genau, was ich seh, was du siehst, aber die meisten Leute sehn überhaupt nix, und . . . und . . .»
Jetzt warf sie sich endlich schluchzend in meine Arme. Da stand ich an einem dämmrigen Abend im Londoner East End und tat einen Blick in eine Kinderseele. Aber es war eine helle Einsamkeit hinter diesen verheulten Augen eines fünfjährigen kleinen Mädchens. Gott hatte den Menschen geschaffen nach seinem Bilde, nicht nach seinem Aussehen, nicht nach seiner eigenen Statur, nach Händen, Füßen, Nasen, Ohren, sondern nach seinem Inneren. Nicht der Teufel macht den Menschen zu einer einsamen Kreatur, es ist seine Gottähnlichkeit, die ihn einsam macht. Eine Banalität? Nein, das klingt nur so.
Die Leute konnten nicht sehen, was Anna sah – nicht die Schönheit dieses zerbrochenen Eisenpfeilers, die Farben, die kristallinen Muster an den Bruchstellen. Sie sahen nichts als verrostetes Eisen – na und. Anna wünschte sich, die Menschen sollten teilnehmen an ihrer neuentdeckten Wunderwelt. Dieser zerborstene Eisenpfeiler war für sie ein aufregendes Ding.
Mister Gott wußte das natürlich alles, und Anna war sicher, er hatte seine Freude an all den winzigen Dingen. Und daraus ergab sich wiederum, daß Mister Gott nichts dagegen hatte, sich ganz klein zu machen. Die Leute dachten immer, Gott sei riesig groß und unendlich. Aber es war ein Fehler, so zu denken. Offensichtlich konnte Mister Gott jede Größe annehmen, die ihm eben gefiel.
«Mister Gott muß sich manchmal ganz klein machen, sonst weiß er doch überhaupt nicht, wie ein Marienkäfer lebt, oder?»
Stimmt. Es war wie mit Alice im Wunderland. Anna aß von Alicens Zauberkuchen und wurde auch so groß oder klein, wie es ihr gefiel.

«Wenn du erst genauso bist, dann weißt du es überhaupt nicht», sagte sie plötzlich, ohne Übergang. – «Was weißt du nicht?»
«Du weißt nicht, daß du gut und freundlich bist.»
Sie sagte das mit dieser selbstverständlichen, sicheren Stimme, in einem wegwerfenden Nebenbei. Ich kannte den Ton. Wenn Anna so redete, dann erwartete sie weitere Fragen. Irgend etwas wollte sie unbedingt loswerden.
«Okay, Fratz, dann erklär's mir mal.»
Sie grinste. «Wenn du weißt, du bist gut, dann bist du nicht wie Mister Gott, kein bißchen.»
Ich kam mir vor wie der Klassenletzte und fragte nur: «Wieso?»
«Glaubst du vielleicht, Mister Gott weiß, daß er gut und freundlich und gütig ist?»
«Also Fratz, darüber hab ich wirklich noch nie nachgedacht. Vielleicht braucht er es gar nicht zu wissen?»
Weiß der Teufel, auf welches dialektische Glatteis Anna mich noch führen wollte. Besser, man fragte nicht zuviel. Auf irgendwas steuerte sie los. Sie suchte nach einer Idee, einer Aussage, die uns beide zufriedenstellen würde. Plötzlich sagte sie energisch: «Mister Gott hat keine Ahnung, daß er gut oder freundlich ist, Mister Gott ist ganz . . . leer.»
Ich bin ja zu allem bereit, was Anna betrifft. Aber «Mister Gott ist ganz leer», dieser Satz ging mir gegen den Strich. Der Satz vernichtete alles, was ich je gelernt hatte, denn Mister Gott war gefüllt, gefüllt wie eine Weihnachtsgans mit Wissen, Liebe, Mitleid. Verflixt noch mal, so war es und nicht anders. «Mister Gott ist ganz leer» – was für ein Unsinn.
Ich bekam heute keine weitere Auskunft mehr von Anna und auch während der nächsten Tage nicht. Sie ließ mich im eigenen Saft schmoren. Die Idee von einem vollkommen leeren Gott spukte in meinem Kopf herum. Die Sache war zu albern, doch ich wurde sie nicht los.

9

«Mister Gott ist ganz leer»

Einige Tage wartete ich noch. Aber als Anna nichts weiter sagte, fragte ich sie: «Fratz, was war das da neulich. Mister Gott ist leer, einfach leer wie eine Vase ohne Wasser und ohne Blumen?»
Eifrig wandte sie sich mir zu. Ich hatte den Eindruck, als habe sie seit langem auf diese Frage gewartet.
«Weißt du noch? Alles war ganz rot durch das Stück Glas, und dann war da noch die Farbe von den Blumen.»
Ich erinnerte mich gut. Wir hatten mit der Taschenlampe durch eine rote Glasscherbe geleuchtet, und auf der anderen Seite war rotes Licht herausgekommen. Warum nahm das Licht die Farbe des Glases an und färbte alles rot? Wir hatten mit Hilfe eines Prismas die Spektralfarben gesehen und Newtons farbige Drehscheibe gedreht. Wir hatten die Spektralfarben wieder gebündelt, und was sich ergab, war die Farbe Weiß, die Nicht-Farbe oder alle Farben zusammen.
Ich hatte Anna erklärt, daß die gelben Blumen da auf dem Tisch ihre Farbe zurückwerfen, nur deshalb könnten wir sehen, daß sie gelb seien. Es war eine Information, die in Anna verschwand. Man sah, wie sie darüber brütete. Dann legte sie los:
«So, jetzt sag ich dir das mal, Fynn. Wenn die Blumen da Gelb zurückwerfen, dann mögen sie eben Gelb nicht. Sie behalten alle anderen Farben, weil sie sie gern haben, bloß die eine nicht.»
Einen Tag lang brauchte sie, um mir ihre neueste Philosophie

plausibel zu machen. Jede Sache, jedes Lebewesen, so sagte sie, bekäme bei seiner Entstehung ein Schildchen aufgeklebt und darauf stand GUT oder BÖSE oder SCHLECHT. Menschen lasen diese Schildchen und richteten sich danach. Sie schauten die Dinge an durch verschiedenfarbiges Glas. Und jedes Ding erschien in einem andern Licht: finster, hell, rot, grün, häßlich oder schön. Nur Mister Gott machte das anders. Er brauchte keine Schildchen. Eine Blume, die die Farbe Gelb nicht annahm, erschien uns als gelb. Dasselbe konnte man von Mister Gott nicht sagen. Denn er nahm alles an und reflektierte gar nichts. Und weil das so war, konnten wir ihn eben deshalb nicht sehen. Das war klar. Was aber uns betraf, so wollten wir Mister Gott doch sehen und verstehen und ihm möglichst auch noch gleichen, und deshalb mußten wir hinzufügen, Mister Gott ist leer. Nicht wirklich leer natürlich, sondern leer, weil er alles, aber auch alles annahm und nichts zurückgab. Schwierig, was? Sicherlich konnte man sich selbst ein wenig betrügen, indem man ihn durch ein farbiges Glas ansah oder die Etiketten las «Gott ist gut», «Gott ist weise». Aber die wirkliche Natur von Mister Gott erfuhr man so nicht.

«Und darum ist er ein ganz wirklicher Gott», sagte Anna. «Manchmal geben die Erwachsenen den Kindern ihre bunten Gläser, und dann müssen die Kinder immer durch das Glas gucken.»

«Warum?»

«Weil sie dann alles so machen, wie die Großen es wollen.»

«Die Großen zwingen die Kleinen?»

«Ja, damit sie nicht anders sind als sie.»

«Du meinst, die Erwachsenen sagen: ‹Wenn du das Gemüse nicht aufißt, dann ist der liebe Gott böse mit dir›?»

«Genau. Dabei ist es für Mister Gott ganz scheißegal, ob ich Gemüse mag oder nicht. Wenn er einen für so was bestraft, ist er doch ein ganz großer Idiot. Und er ist eben kein Idiot.» Die meisten Leute konnten froh sein, wenn sie ein bißchen über ihre eigene kleine Welt, in der sie lebten, Bescheid wußten. Anna entdeckte eine Unzahl verschiedener Welten. Sie schaute durch farbige Gläser, sie spiegelte sich in den altmodischen Glaskugeln, die im Garten die Beete umrandeten. Hexenkugeln nannte Anna sie. Man sah sich selbst, den Garten, das Haus unwahrscheinlich verzerrt und in die Breite gezogen. Dazu kam die metallische Färbung, ein Glitzerrot oder ein eisiges Blau. «Eine Rose ist eine Rose ist eine Rose», das war etwas ganz anderes als ‹rot ist rot ist rot›.

10

Höbere Mathematik oder Sahnebonbons

Das nächste Problem, das es zu lösen galt, hing wieder mit Wörtern zusammen. Es hatte vordergründig mit Mrs. Sussums zu tun. Wir trafen Mrs. Sussums auf der Straße. Eigentlich hieß sie Tante Dolly und war eine angeheiratete Tante, die nur eine große Leidenschaft in ihrem Leben kannte, und das waren Sahnebonbons. Sie aß davon riesige Mengen, manchmal mehrere auf einmal. Ihr Gesicht war gewissermaßen ständig aus dem Leim, da immer eine Backe dicker war als die andere. Das einzige, was wir an Tante Dolly nicht ausstehen konnten, war ihre andere Gewohnheit, nämlich uns abzuküssen – nicht einmal am Tag, sondern mehrere Male, wann immer sie uns traf. Sahnebonbons lutschen oder jemanden küssen – gut, damit konnte man fertig werden. Beides gleichzeitig wurde geradezu gefährlich. Tante Dollys Gesichtsmuskeln waren durch das ewige Bonbonlutschen unheimlich stark geworden. Mit vier bis fünf Sahnebonbons in beiden Backentaschen redete sie immer noch fast verständlich.
«Mach den Mund auf», sagte sie lutschend, und dann stopfte sie auch uns mit dem süßen Zeug voll. Sie hielt Anna auf Armeslänge von sich fort und meinte:
«Meine Güte, was bist du schon groß.»
Ich riß meine Zähne auseinander und grunzte durch das klebrige Zeug hindurch: «Scha, djer droß.»
Anna zwängte ein «Duten 'ach, 'ante 'olly», hervor.
Tante Dolly strahlte, beschenkte uns mit weiteren Bonbons, nahm selbst noch zwei und ging weiter.

Anna und ich hatten auf der Straße ein neues Spiel gespielt, bevor Dolly erschien. Wir sprangen auf die verrückteste Weise herum, so daß es manchmal zwei Stunden dauerte, bis wir ans Ende der Straße kamen; dabei war die Straße höchstens zweihundert Meter lang. Wir hatten uns ausgedacht, daß einer kommandiert, und der andere muß gehorchen. Anna hatte irgend etwas auf der Straße zu benennen, einen Fetzen Papier, ein abgebranntes Streichholz, und ich mußte daraufhüpfen. Dann kommandierte sie «Pfütze» oder «Kanalgitter» oder was sonst ihr einfiel. Und ich mußte versuchen, «Pfütze» oder «Kanalgitter» mit einem einzigen Schritt oder Sprung zu erreichen. Ich hopste also in alle Richtungen – vorwärts, seitwärts, rückwärts. Als Dolly weg war, spielten wir weiter und brauchten zwanzig Minuten für zwanzig Meter. Dann sagte Anna:

«Fynn, wir spielen jetzt anders. Ich befehle, und wir beide gehorchen.»

So hopsten wir beide auf Annas Kommando. Sie murmelte vor sich hin «Riesenschritt, hops, Zwergenschritt, hops, Riesenschritt, hops.» Nach dem letzten «Riesenschritt, hops» schaute sie sich nach mir um und fragte:

«War das ein Riesenschritt?»

«Nicht sehr riesig.»

«Aber für mich war er riesig.»

«Weil du noch klein bist.»

«Tante Dolly hat gesagt, ich bin sehr groß.»

«Sie meint, du bist sehr groß für dein Alter.»

Eine solche Erklärung genügte natürlich nicht. Sie spielte nicht weiter, sondern wandte sich nach mir um, Hände auf die Hüften gestemmt. Ich sah, wie sie nachdachte. Schließlich sagte sie feierlich:

«Das heißt überhaupt nix.»

«Doch», sagte ich und versuchte, weiter zu erklären. «Verglichen mit den meisten Mädchen von fünf Jahren, bist du sehr groß. Das bedeutet es.»

«Na schön. Aber wenn die meisten von den Mädchen schon zehn Jahre alt wären, dann wär ich klein, nicht?»

«Wahrscheinlich.»

«Wenn ich ganz allein auf der Welt wäre, dann wär ich überhaupt nicht klein und nicht groß?»

Ich nickte. Da kam wieder die Flut auf mich zu. Ich versuchte noch einen Satz, bevor sie mich mit neuen Fragen überschwemmte:

«Schau, du kannst solche Wörter wie ‹größer› oder ‹schöner› oder ‹kleiner› oder ‹süßer› nicht benutzen, wenn du nichts zum Vergleich hast. Anna ist ‹größer› *als* Bossy. Verstehst du?»

«Dann kannst du das auch nicht», sagte sie im Brustton der Überzeugung. «Kann was nicht?»

«Du kannst nicht vergleichen, weil ...» schoß Anna triumphierend ihre nächste Salve ab, «weil Mister Gott ... ich meine, es gibt keine zwei Mister Gotts, und darum kannst du nicht vergleichen, ob er groß ist.»

«Menschen vergleichen Mister Gott ja auch nicht mit Menschen.»

«Ich weiß», kicherte sie und freute sich über meinen Verteidigungsversuch.

«Also, wozu machst du dann so ein Getue?»

«Weil ... weil die Leute sich selber mit Mister Gott vergleichen.»

«Das ist doch dasselbe», sagte ich.

«Nee!»

«Fratz, ich schätze, diesmal gewinne ich. Wenn die Leute Mister Gott nicht mit sich selber vergleichen, vergleichen sie sich selber auch nicht mit ihm. Du hast gesagt, sie vergleichen doch. Du solltest sagen, sie tun's nicht. Stimmt's?»

Sie sah mich schweigend und nachdenklich an. Ich schämte mich über den billigen Triumph. Sie mußte doch enttäuscht sein jetzt. Nach so viel harter Denkarbeit brachte ich ihr ganzes Problem auf einen so simplen Nenner. Ich streichelte sie, aber sie schüttelte mich unwillig ab.
«Fynn», sagte sie ruhig, «wieviel ist zwei verglichen mit drei?»
«Eins weniger», sagte ich hochbefriedigt.
«Hm. Und wieviel ist drei verglichen mit zwei?»
«Eins mehr.»
«Siehste, eins weniger ist dasselbe wie eins mehr.»
«Ähbäh, so was Blödes», rief ich lachend, «eins weniger ist nicht dasselbe wie eins mehr . . . he, du!»
Plötzlich sauste sie davon wie ein wild gewordenes Huhn. Ich schrie hinter ihr her: «Es ist nicht dasselbe.»
«Doch», brüllte sie zurück.
Sie verschwand zwischen den Buden und Verkaufsständen auf dem Gemüsemarkt. Ich jagte hinter ihr her, konnte sie aber nicht erwischen. Sie war so gelenkig und vor allem so klein, daß sie sich überall durchzwängte, wohin ich ihr längst nicht mehr folgen konnte.

II

Neun Geheimsprachen

Es kam selten vor, daß irgend etwas Anna die Sprache verschlug. Doch einmal sah ich sie wirklich verblüfft: Ein Löffel voll Rosinenauflauf mit Vanillesauce blieb in der Luft hängen. Und das kam so.

Die dicke Ma B besaß in unserer Gegend eine Pastetenbäckerei. Keiner kannte ihren wirklichen Namen. Sie hieß nur Ma B und galt als Naturwunder. Sie war nämlich breiter als hoch. Vielleicht liebte sie ihre nahrhaften Produkte und probierte sich täglich durch alle Sorten hindurch. Ihre Mitteilungen hatte sie auf ein Minimum an Vokabeln reduziert. Eigentlich benutzte sie überhaupt nur zwei Sätze. «Was soll's denn sein, Kinder?» und «Was sagen Sie dazu?» Beide Aussprüche genügten zur Darstellung vielfacher Gemütslagen. Die Unterschiede lagen allein im Tonfall. «Was sagen Sie dazu?» konnte Verwunderung ausdrücken, Empörung, Schrecken oder eine ganze Mischung verschiedenster Gefühle, wie sie gerade zur Unterhaltung paßte. Wenn Ma B ihr «Was soll's denn sein?» hervorblubberte, so sagte man etwa «Zwei Fleischpasteten und eine Pizza». Gefiel Ma B dieser Auftrag, so fügte sie manchmal ein «Wissen Sie schon, was der Älteste von Frau Soundso gemacht hat?» hinzu. Hierher gehörte dann im Verlauf der Unterhaltung jenes «Was sagen Sie dazu?» Vielleicht war der Älteste von Frau Soundso unter die Straßenbahn geraten und daran gestorben? «Was sagen Sie dazu?» trug in diesem Fall einen melodisch-tragischen Trauerflor. Frau Soundsos älteste Tochter hingegen war mit dem

Untermieter durchgebrannt. Und «Was sagen Sie dazu?» hieß «Ich hab's ja immer gesagt.» Bruder Danny behauptete, Ma B habe in ihrem Leben so viele Süßigkeiten gegessen, daß ihre Stimmbänder völlig ausgeleiert seien, darum gäben sie nur noch diese beiden Sätze her. Sie verkaufte übrigens sämtliche Sorten Pasteten, die sich je ein Bäcker ausgedacht haben mochte: Fleischpasteten, Blätterteigrollen mit Buttercreme, mit Rosinen, mit Erbsen, mit Undefinierbarem, auch Knödel bekam man bei ihr, mit oder ohne Obst. Und die meisten Kunden kauften bei Ma B, weil es zu allem Überfluß die verschiedensten Arten von Saucen gratis gab: Himbeersauce, Schokoladensauce, Vanillesauce, außerdem Gurken, Essigzwiebeln und Oliven.

Zwei- bis dreimal pro Stunde wurde der Friede dieses Schlaraffenlandes gestört. Nämlich immer dann, wenn Ma B eine kleine Hand erblickte, die versuchte, ein Gratisstückchen zu erwischen. Sogleich wuchtete Ma B eilig ihre zwei Zentner Lebendgewicht vom Stuhl hoch und schlug mit dem Schöpflöffel nach dem Räuber. Aber sie zielte nicht eben brillant. Die Diebeshand hatte sich längst mit der Beute zurückgezogen, und der Löffel sauste in einen Saucentopf, der gerade im Weg stand. Die Kunden sahen sich bespritzt mit einem Regen aus Vanillesauce. Oder aber eine unschuldige Torte ging bei einem solchen Generalangriff zu Matsch. Eingeweihte kannten sich aus mit Ma Bs Temperament und hielten sich im Hintergrund oder saßen an kleinen Tischchen mit dem Schildchen «reserviert».

Danny, Anna und ich saßen eines Abends im Schlaraffenland und hatten uns durch die Erbsen-und-Nieren-Pastete schon hindurchgefressen. Jetzt war nur noch der Rosinenauflauf mit Zimt und Zucker zu bewältigen. An den Nebentisch setzten sich zwei junge Männer in französischer Uniform. Der eine sagte laut: *«Mon Dieu, le pudding, il est formidable!»*

Annas Löffel blieb in der Luft hängen. Ihr Mund war in Erwartung des Rosinenauflaufs schon geöffnet, jetzt riß sie ihn vor Erstaunen noch weiter auf. Und der Löffel mit Rosinenauflauf hing in der Luft. Stand eben noch der Ausdruck genießerischer Vorfreude auf das Essen in ihren Augen, so verwandelte er sich urplötzlich in ein Fragezeichen.

Danny sagte mit vollen Backen kauend: «Sind Franzosen.»

«Was hat er gesagt?» wollte Anna wissen.

«Er sagt, der Pudding ist scheußlich!» Danny lachte schallend. Anna lachte nicht mit. Es war keine Zeit zum Witzereißen. Sie legte ihren Löffel auf den Teller. Und als fühle sie sich persönlich angegriffen, sagte sie: «Aber ich weiß doch nicht, worüber er redet.»

Meine eigenen spärlichen Französischkenntnisse beschränken sich mehr oder weniger darauf, daß *papillions belle* sind, daß *vaches* Gras fressen und der *pleur* naß ist. So erklärte ich ihr, daß man in Frankreich französisch spreche, daß die Leute das schon als Kinder könnten, aber dafür verstünden sie kein Englisch – die meisten jedenfalls nicht. Danny sei jedoch ein seltenes Exemplar von Mensch, das beide Sprachen verstehe. Dazu winkte ich vage in östlicher Richtung, um anzudeuten, wo dieses ausgefallene Land ungefähr liege. Anna verdaute die interessante Information flinker als den Rosinenauflauf von Ma B.

«Kann ich ihn fragen?» flüsterte sie. – «Was fragen?»

«Ob er das aufschreiben kann, was er gesagt hat.»

«Sicher.»

Mit Papier und Bleistift bewaffnet, begab sich Anna feierlich an den Franzosentisch, um sich das über den Pudding aufschreiben zu lassen. «Aber sehr groß, bitte.» Der eine verstand ein wenig Englisch, so brauchte sie meine Hilfe nicht. Als sie nach einer Viertelstunde zurückkam, brachte sie bereits ein *au revoir* zustande.

Die Aufregung über diese Begegnung hielt ein, zwei Tage an. Und die Tatsache, daß es in Frankreich mehr Leute gibt, die französisch sprechen, als Engländer in England, die englisch reden, war ein kleiner Schock für Anna.
Ein paar Tage später nahm ich sie mit in die Bibliothek und zeigte ihr Bücher in den verschiedensten Sprachen. Aber zu der Zeit hatte sie das Problem schon für sich gelöst. Sie erklärte es mir so:
»Das ist doch klar, Katzen sprechen die Katzensprache, Hunde die Hundesprache, Bäume die Baumsprache, und Franzosen sprechen die Franzosensprache.»
Ich begann, ihre Gedankengänge zu begreifen. Anna selber kannte ja doch auch schon mehrere Sprachen. Mit Tick-Tock in unserer Straße sprach sie Zeichensprache, denn Tick-Tock war taubstumm auf die Welt gekommen. Ich hatte Anna eine Seite Blindenschrift gezeigt. Und meine Radio-Basteleien vermittelten ihr die Geheimnisse des Morse-Alphabets. Annas Reaktion auf die französische Sprache war eigentlich eher: Nanu, gibt's denn noch eine?

Eine neue Frage rumorte in Annas Kopf herum: Wie mache ich mir demnach eine Geheimsprache ganz für mich allein?
Sie packte das Problem sofort an. Eines Abends zeigte sie mir stolz das Ergebnis. Sie stellte einen alten Schuhkarton vor mich hin. Er war gefüllt mit Zetteln, Bogen und Notizblökken. Auf das erste Blatt hatte sie links von oben nach unten Zahlen geschrieben und auf die rechte Seite die dazugehörigen Wörter. Sie hatte herausgefunden, daß man «5 Äpfel» schreiben konnte, aber auch *«fünf Äpfel»*, und trotzdem blieb es das gleiche. Das war erstaunlich und wichtig. Konnte man also alle Zahlen in Buchstaben schreiben, so folgte daraus, daß auch alle Wörter in Zahlen geschrieben werden konnten. Das einfachste war also, man numerierte das Alphabet durch.

So erhielt man für jeden Buchstaben eine Zahl, und fertig war die Geheimsprache. Mister Gott schrieb sich dann so: 13.9.19.20.5.18.7.15.20.20. Verwandelte man das noch einmal in Wörter, so hieß Mister Gott fortan eine Milliarde, dreihunderteinundneunzig Millionen, neunhundertzwanzigtausend, fünfhundertachtzehn und sieben Millionen, einhundertzweiundfünfzigtausendundzwanzig. Eindrucksvoll und sehr geheim, nicht wahr. Verkürzte man das Ganze einfach auf «Mister G.» und ließ auch noch das «Mister» weg, so kam man schlicht mit SIEBEN aus. Mister SIEBEN, das würde gehen, und das klang noch viel geheimer.

Trotzdem, auf die Dauer war das vielleicht doch ein wenig kompliziert und umständlich. Was für andere Möglichkeiten gab es noch? In der Fibel stand «A wie Apfel» – «P wie Puppe» – «E wie Esel». Daraus ergab sich logisch, statt Apfel konnte man A sagen und statt A ebensogut Apfel. Und das ganze Wort Apfel hieß demnach «*A*pfel*p*uppe*f*eder*e*sel*l*isa».

Der Karton voller Zettel zeugte von harter Arbeit. Es stellte sich heraus, daß es gar nicht schwer war, eine Geheimsprache zu erfinden. Viel schwieriger war es, unter den unzähligen Möglichkeiten die richtige auszuwählen. Schließlich entschied sie sich für eine Art Morse-Code. Da brauchte man für jeden Buchstaben eine Anzahl von Punkten und Strichen. Mister SIEBEN war so nett gewesen und hatte sich für jeden Menschen ein rechtes Bein zum Hüpfen und ein linkes Bein zum Hüpfen ausgedacht. Ein Hopser links war ein Punkt, ein Hopser rechts ein Strich. Ein Hopser auf beiden Füßen bedeutete das Ende des Wortes. Fabelhaft. Wir übten die neue Sprache und brachten es dabei weit, genauer: Wir legten hopsend große Strecken zurück und unterhielten uns prima. Als der Muskelkater allzusehr schnurrte, setzten wir uns auf eine Mauer und erfanden die nächste Sprache. Ein Tip mit dem linken Zeigefinger: ein Punkt, ein Tip mit dem rechten: ein Strich. Dann in die Hände klatschen – das Wort war fertig. Im ganzen erfanden Anna und ich neun verschiedene Sprachen. Und Mister SIEBEN hieß jetzt der Einfachheit halber Mister G., so brauchte man nicht allzuviele Hopser für ihn. Ich bin sicher, er war nicht böse über diese Vereinfachung, er sprach sicherlich selber auch mehrere Fremdsprachen und kannte sich mit den Schwierigkeiten aus.

12

Die kleine Prophetin

Wie war Anna einzuordnen? Ich glaube, zu meiner eigenen Ruhe und Bequemlichkeit wünschte ich mir eine Art Etikett für Anna, nach dem man sich richten konnte. Hübsch, niedlich, klug, zärtlich, irgend etwas dieser Art.

Aber Gott sei Dank war sie für eine solche Einordnung nicht geeignet. Nach wenigen Wochen vergnügten und heiteren Lebens mit ihr fand ich mich vor zwei Probleme gestellt, von denen eines leicht zu verstehen war, das zweite aber wuchs und wurde immer schwieriger. Keines der beiden konnte ich gänzlich lösen, und in Wirklichkeit brauchte ich immerhin zwei Jahre, um einer Antwort wenigstens nahe zu kommen.

Das erste Problem drehte sich um die Frage: Was bedeutete mir eigentlich meine Beziehung zu Anna? Was war sie wirklich für mich? Ich war alt genug, ich konnte zumindest theoretisch ihr Vater sein, und eine Zeitlang spielte ich diese Rolle auch mit großem Erfolg. Aber vielleicht stimmte das gar nicht. War ich nicht eher ein großer Bruder? Auch das paßte nicht recht. Ich sah mich abwechselnd als Vater, Bruder, Onkel, Spielkamerad. Wie immer ich mir auch vorkam, irgendwo blieb ein leerer Fleck, der sich nicht ausfüllen ließ. Und nichts passierte, das dieses Problem lösen half.

Die zweite und weitaus kompliziertere Frage lautete: Was genau war eigentlich Anna? Ein Kind, ein kleines Mädchen natürlich, sehr intelligent, sehr begabt, doch das war nicht alles. Sie fiel jedem Menschen auf, der sie kennenlernte. Jedermann sah etwas Besonderes in ihr, hielt sie für anders als andere Kinder. «Sie ist eine Wunderfee», sagte Millie vom Strich. «Sie hat das Gesicht», sagte meine Mutter. «Sie ist ein verdammt dolles Genie», Genie», sagte Danny. Und Pastor Castle behauptete: «Sie ist ein aufsässiges, rotzfreches Ding.» Diese Andersartigkeit rief bei manchen Leuten ein leises Gefühl der Unsicherheit hervor; aber Annas Unschuld und ihr Charme zerstreuten gleich darauf jeden Argwohn und jede Ängstlichkeit. Wäre sie ein mathematisches Genie gewesen – gut, in Ordnung. Man hätte gesagt, eine Hirnwindung war bei ihr vor allen anderen gut entwickelt – sie konnte im Kopf ausrechnen, was andere Leute nicht einmal auf dem Papier zustande brachten. Wäre sie ein musikalisches Wunderkind gewesen, auch gut. Damit wäre man ebenso prima fertig geworden. Sie hätte Klavier gespielt oder Geige – besser als andere, na schön. Aber Annas tiefere Andersartigkeit lag darin, daß sie mit ihren festen Meinungen so häufig recht hatte. Und je länger sie bei uns lebte, desto öfter bemerkten wir diese merkwürdige Fähigkeit. Eine Nachbarin war fest davon überzeugt, daß Anna in die Zukunft sehen konnte. Aber Mrs. W. tat derlei selber. Sie lebte zwischen magischen Karten und Kaffeesatz. So mußte man ihre Meinung nicht ernst nehmen. Tatsache aber war, daß Anna schließlich eine Art kleines Orakel für das East End wurde, ein zu klein geratener Prophet. Trotzdem hatte sie mit einer mysteriösen Geisterwelt sicher nichts zu tun. In einem tieferen Sinn war bei ihr alles ebenso rätselhaft wie simpel. Sie erfaßte nur die Dinge auf eine eigene Weise, und sie wußte, wie sich das Ganze aus kleinen Stücken zusammensetzte. Alles war ebenso einfach wie kompliziert, wie das Netz der Kreuzspinne an einem Frühlingsmorgen oder wie die gleichmäßigen Spiralen auf einer Meeresmuschel. Anna sah Schöpfung dort, wo andere nur Chaos und Unordnung fanden. Anna sah Dinge, wo andere gar nichts erblickten. Und das war wohl ihre Gabe, ihr Anderssein.

13
Eine Squillion Fragen

Es war an dem Tag, als der Pferdekarren mit dem Hinterrad in der Straßenbahnschiene steckenblieb. Ein halbes Dutzend willige Helfer waren sogleich zur Stelle.

«Alle zusammen, Jungs, wir machen das Ding wieder flott. Wenn ich sage ‹los›, dann schieben wir alle auf einmal. Achtung! Fertig! Los!»

Wir schoben wie die Verrückten. Nichts rührte sich. Das Rad saß fest. «Noch mal, Jungs. Eins, zwei, fertig! Los!»

Wir schoben. Nichts.

Noch ein paar Minuten verstrichen mit lautem Gebrüll und erfolglosem Kraftaufwand. Da zupfte mich Anna an der Jacke. «Fynn, wenn du vielleicht irgendwas Festes quer über die Schienen legst, direkt unter das festgeklemmte Rad, dann rutscht es nicht, wenn ihr schiebt. Und das Pferd kann auch mitziehen.»

Ich fand eine flache Eisenstange, einige Steine stützten das Rad. Wir schoben, das Pferd zog. Und das Rad löste sich so sanft und leicht, als zöge man einen Korken aus einer Weinflasche. Jemand klopfte mir auf den Rücken.

«Prima, Junge, prima Idee das.»

Konnte ich sagen, es war nicht meine Idee, sondern die eines sechsjährigen Mädchens? Ich akzeptierte das Lob schweigend, ich Feigling.

Es war wahr. Anna hatte eine Menge Glück. Fortüne ist das bessere Wort dafür. In solchen Augenblicken war ich stolz auf sie; aber es gab auch Momente großer Qual, wenn sie gewisse Grenzen überschritt. Ihre Ansichten und Forderungen schienen manchmal allzu wild und voreilig zu sein, so daß ich mich zum Bremsen verpflichtet fühlte. Sie nahm auch das gelassen hin, ohne jeden Kommentar. Ich fühlte mich unsicher, peinlich berührt und machte sicherlich lange Zeit alles falsch.

Anna verstand alles. Sie fand den Aufbau eines Atoms so einfach, wie ein Kanarienvogel es einfach findet, seine Körner aufzupicken. Sie begriff die Größe des Universums, und die Unzahl der Sterne entlockten ihr nicht mal einen schnelleren Wimpernschlag. Eddingtons Berechnung, wie viele Elektronen es wohl im Weltall gebe, schien ihr beachtlich, aber doch durchaus überschaubar. Es war nicht einmal schwer, sich eine noch größere Zahl als diese auszudenken. Anna verstand ohne Schwierigkeit, daß Zahlen unendlich weitergehen und daß es keine Grenze gab. Bald entstand allerdings ein Mangel an Wörtern, um diese immer größeren Zahlen einigermaßen zu bezeichnen. Das Wort «Million» reichte für die meisten normalen Dinge. Eine Billion war schon seltener. Wünschte man aber an eine Zahl zu denken, die noch viel viel größer als Billionen und Trillionen war, so mußte man ein Wort erfinden. Anna erfand die «Squillion». Es war ein sonderbar elastisches Wort. Man konnte es beliebig drehen wie ein neues Gummiband. Und Anna brauchte ein solches Wort dringend.

Eines Abends saßen wir wieder am Bahndamm, schauten den vorüberfahrenden Zügen nach und winkten den Leuten in ihren Abteilen zu. Anna trank Kribbelwasser, eine von ihr besonders geliebte, grausig bonbonfarbene Brauselimonade. Und während sie trank, fing sie an, vor sich hin zu kichern. Schwer, die nächsten Minuten zu beschreiben. Will man die Stimmung nachvollziehen, so schlage ich vor: Kichern plus Kribbelwasser produziert fabelhafte Schluckaufs. Alle drei

Dinge zusammen machen einen Menschen relativ schnell atemlos. Ich wartete, bis das Gekicher aufhörte, der Schluckauf erträglich wurde. Ich wartete, bis Anna den Kopf zurückwarf und ihre Haare schüttelte.
«Also», sagte ich, «was gibt's, Fratz, was ist so irre komisch?»
«Ich habe gerade gedacht, daß ich bestimmt eine Squillion Fragen beantworten kann.»
«Ich auch», sagte ich trocken und ohne Verwunderung.
«Was? Das kannste auch?» Aufgeregt wandte sie sich mir zu.
«Klar. Das ist gar nichts. Und wahrscheinlich ist eine halbe Squillion Antworten falsch.» Sehr vorsichtig verfolgte ich mein pädagogisches Ziel mit dieser leicht wegwerfenden Bemerkung. Aber es half nichts, ich verfehlte das Ziel vollkommen.
«Oh!» Ihre Enttäuschung war nicht zu überhören. «Meine Antworten sind immer richtig.»
Das, dachte ich, ist zuviel. Hier fehlt die Autorität. Eine leichte Korrektur an Annas offensichtlichem Größenwahn würde nichts schaden.
«Das gibt es nicht. Niemand kann eine Squillion Fragen richtig beantworten.»
«Ich schon. Ich kann sogar eine Squillionensquillion Fragen richtig beantworten.»
«Das ist Quatsch, Fratz. Das kann keiner.»
«Ich kann . . . ganz bestimmt.»
Ich schnappte nach Luft und drehte sie zu mir, damit sie mir ins Gesicht sehen konnte. Ich war drauf und dran, sie zu beschimpfen. Aber ihre Augen waren ruhig und sicher. Sie war überzeugt, im Recht zu sein. So schwieg ich.
Sie sagte: «Ich bring's dir bei.» Bevor ich auch nur ein Wort äußern konnte, legte sie los mit dem Unterricht:
«Wieviel ist eins und eins und eins?»
«Drei, natürlich.»

«Wieviel ist eins und zwei?»
«Drei.»
«Wieviel ist acht weniger fünf?»
«Immer noch drei.»
Ich überlegte, was sie bezweckte, kam aber zu keinem Ergebnis.
«Wieviel ist acht weniger sechs und eins?»
«Drei.»
«Wieviel ist hundertunddrei weniger hundert?»
«Genug. Schluß, Fratz. Auch drei natürlich, aber du willst mich hereinlegen.»
«Nein, will ich überhaupt nicht.»
«Aber es sieht so aus. Du denkst dir Fragen aus, eine nach der anderen, so wie du einen Fuß vor den andern setzt.»
«Ja, klar.»
«Na also. Auf die Weise kannst du weiterfragen, bis du schwarz wirst oder bis ich schwarz werd.»
Ihr Lächeln explodierte in schallendes Gelächter, und ich überlegte, was an meiner Antwort so komisch war. War «weiterfragen, bis du schwarz wirst», nicht das gleiche, wie eine Squillion Fragen stellen? Was war es denn? Noch eine Drehung der Daumenschraube. Sie sagte: «Wieviel ist ein halb und ein halb und ein halb?»
Ich legte ihr die Hand auf den Mund. Ich hatte begriffen. Anna erwartete gar keine Antwort, sie wollte bloß fragen. Mit der Einfachheit einer fürsorglichen Mama, die ihr Baby ins Bett bringt, fragte sie: «Und auf wie viele Fragen kann man antworten: Drei?»
Ein wenig unsicher war ich, wohin mich dieser Weg führen würde. Ich sagte schüchtern: «Squillionen?» und schaute Anna nicht an.
Ich winkte einem Zug nach. Jemand winkte zurück. Anna lehnte ihren Kopf an meine Schulter und sagte:

«Ist das nich komisch, Fynn? Jede einzige Zahl ist die Antwort auf Squillionen von Fragen.»

Ich glaube, in diesem Moment begann meine eigene ernsthafte Erziehung. Wie lange hatte ich geschlafen? Wußte ich, ob ich kam oder ging? Ich lebte nach der altmodischen Weise, zuerst zu fragen, dann zu antworten. Und nun? Nun gab es ein winziges, quirliges Ding, einen rothaarigen Dämon von dreiviertel Meter Länge, und dieser Dämon sprach mit mir, flüsterte mir zu, alles ist falsch, was du bisher gelernt hast. Jeder Satz, jedes Wort, jede Zahl, jeder Atemzug ist die Antwort auf eine Unzahl von unausgesprochenen Fragen. Was für ein Unsinn eigentlich? Aber ich war nun einmal so weit gekommen und fand das neue Leben aufregend und nützlich. Ich sah zuerst die Antwort und ging dann rückwärts, einen langen Weg, bis ich auf die Frage stieß.

«Wenn es ganz furchtbar viele Fragen für eine einzige Antwort gibt, das ist doch lustig . . . oder?»

Aber mit einem lustigen Spiel war Anna nicht zufrieden.

«Jetzt spielen wir das mal so: Du sagst eine Antwort, und ich mach Fragen dazu. Und wenn du eine Antwort weißt, auf die ich mir bloß eine einzige Frage ausdenken kann, dann hast du gewonnen.»

Es stellte sich heraus, je weniger Fragen es auf eine Antwort gab, desto wichtiger und ernsthafter waren diese Fragen.

Was für eine verkehrte Welt. Es machte mir mehr und mehr Spaß, auf Antworten Squillionen von Fragen zu wissen. Ich dachte mir einen grotesken Haufen Unsinn aus, und die Antwort war immer gleich. Im Fragenstellen kam ich mir vor wie der Klassenprimus, der ich nie sein wollte. Jetzt wußte ich, wie der sich gefühlt haben mußte. Stolz, befriedigt, ich bin der Größte. Nur das andere Ende der Skala machte mir Sorgen. Ich fand keine einzige Antwort, auf die es nur eine einzige Frage gab. Das Spiel war nicht zu gewinnen.

14

Die ganz große Frage

Anna und ich stromerten eines Abends durch die Bahnanlagen. Sie hopste in endlosem Hinkepinke auf dem Pflaster entlang. Plötzlich drehte sie sich nach mir um, ohne das Gehopse zu unterbrechen.
«Fynn, sag mal ‹in mir drin›.»
Als gut erzogener Schüler, sagte ich brav: «In mir drin.»
Sie legte die Hand ans Ohr und schrie aus zehn Metern Entfernung: «Waas? Was hast du gesagt?»
Ich hörte auf zu träumen, füllte meine Lungen mit der nötigen Luft und brüllte, so laut ich konnte: «In mir drin.»
Kleine alte Damen mit Einkaufsnetzen huschten über die Straße und warfen mir vorwurfsvolle Blicke zu. Junge Mädchen kicherten, und Kinder zeigten mir den Vogel. «Bei dem ist 'ne Schraube locker», sagte ein rotznäsiger Giftzwerg. Verständlich. Was sonst war von einem einmeterzweiundneunzig langen jungen Mann von etwa zwanzig Jahren zu halten, der plötzlich mitten auf der Straße stehenbleibt und aus Leibeskräften «In mir drin» schreit.
Die Blicke der Leute sagten «Man kann nie wissen» oder auch «Vorsicht, er gehört in die Klapsmühle». Wie konnten sie wissen, daß ich mich mit einem hopsenden, springenden Dämon unterhielt, der mittlerweile am fernen Ende der Straße Hinkepinke spielte. Es war offensichtlich, dieser junge Mann hatte nicht alle Tassen im Schrank. Ich stand noch immer da mit offenem Mund, wie ein Goldfisch an Land. Dann nahm ich die Beine unter den Arm und raste davon

um die nächste Hausecke, in die nächste Seitenstraße und wieder eine Seitenstraße und noch einmal nach links. Atemlos erreichte ich den Platz, an dem Anna unschuldig hopste, als ginge sie all das nichts an.
«Oih», japste ich. «Kommste mit?»
Meine Lehrerin, meine Quälerin, fuhr fort mit ihrem geistesabwesenden Auf-und-ab-auf-und-ab, ein tanzendes Jojo. Ich drückte beide Hände auf ihren Kopf, auf die roten Hexenhaare und schrie:
«Hör auf jetzt. Stell mal deinen Motor ab. Du schüttelst dein Gehirn noch so lange, bis Butter draus wird.»
Sie stand still und sagte: «Wie heißt die große Frage, Fynn?»
«Wie, zur Hölle, soll ich das wissen», schrie ich und sah aufmerksam die Straße entlang. Meine Phantasie sah weißgekleidete Männer näher kommen. Sie hatten eine Zwangsjacke bei sich und wollten mich holen.
«Du hast ja Angst!» Anna nahm meine Hand, und wir gingen davon. Es war kein Vorwurf, nur eine Feststellung. Wir kamen zur Kanalbrücke, und Anna sagte:
«Nehmen wir die Abkürzung?»
Ich hob sie auf und setzte sie übers Geländer auf den Weg, der einen Meter tiefer neben dem Kanal entlanglief. Ich sprang hinterher. Jedesmal, wenn wir hier vorüberkamen, gingen wir diesen Weg; die Treppenstufen weiter vorn hatten wir noch nie benützt. Wir trödelten den Weg entlang und sagten «Guten Abend, die Herrschaften» zu zwei müden Bierwagenpferden. Wir ließen Kiesel über das schmutzige Kanalwasser hüpfen und versenkten eine leere Büchse, in der einmal gehackter Spinat gewesen war. Ein hölzernes Boot lag da und faulte langsam vor sich hin. Wir kletterten an Bord, setzten uns auf das Bänkchen und ließen die Beine außenbords baumeln. In der Manteltasche fand ich noch eine zerdrückte Zigarette und strich sie glatt. Ich suchte nach einem

Streichholz; auch das fand ich irgendwo in einer der siebenundzwanzig Taschen, die ein junger Mann dringend benötigt. Anna hielt mir ihren Schuh entgegen, und ich rieb das Streichholz an der Sohle an. Ich nahm einen tiefen Zug.

Wir saßen da und ließen uns bescheinen von diesigen Sonnenstrahlen, die nur recht und schlecht durch den Qualm aus all den Fabrikschornsteinen drangen. Ich träumte von einer schneeweißen Segeljacht auf dem Mittelmeer. Der Steward brachte mir eben ein eisgekühltes Bier und zündete mir meine Zigarette an, eine Spezialmarke selbstverständlich, die mein Monogramm trug. Die Sonne schien an einem azurblauen Himmel, das Wasser war noch blauer, Blumen schwammen in diesem Azur, es war alles ganz fabelhaft. Neben mir lag Anna an Deck der schneeweißen Jacht. Sie war ein glückliches, zufriedenes Kind, das nur Freude kannte und so unschuldig dreinsah wie ein früher Sommermorgen. Ich hatte keine Ahnung, wie beschäftigt dieser Miniaturengel gerade war, ihren Frage-und-Antwort-Ofen anzuheizen. Ich wußte nicht, wie eifrig sie ihre Messer schärfte, ihre Streitaxt schliff.

Da lief meine wundervolle Traumjacht auf eine Mine und sank augenblicklich. Mein komfortabler Liegestuhl verwandelte sich in das schmutzige Metalldeck eines alten Lastkahns. Mein Kissen war eine Rolle aus Schiffstrossen; die Zigarette mit Monogramm verlosch und glich einer zerbröselnden kalten Kippe. Die wundersamen Gerüche der exotischen Blumen verwandelten sich in den Gestank der Seifenfabrik, in der Überstunden gemacht wurden.

«Bist du innen ganz leer?»

Ich schloß die Augen und hoffte auf eine andere Jacht, die mich auffischen und retten würde. Der weiße Bug nahm in meinen Träumereien bereits Formen an. Ich sah die Balkenüberschriften in der Boulevardpresse «Dramatische Rettung auf hoher See», «Junger Mann nach einundzwanzig Tagen gefunden – Exklusiv». Mir gefiel die Geschichte sehr. Sie paßte zu mir und meinen Träumen.

«Hiiiiih!»

Mein rechtes Trommelfell platzte fast, die feinen Geschichten sausten eilig zum linken Ohr hinaus. Mein leeres Gehirn füllte sich langsam mit den Realitäten der Gegenwart.

«Was is denn nun schon wieder los?» sagte ich sauer.

«Du bist innen drin ganz leer.»

Ich wußte nicht – war das nun eine Frage oder eine Beleidigung?

«In mir drin isses nich leer, du Hexe, ich bin völlig voll, so!»

«Wie heißt dann die Frage?»

Ich wußte, was sie von mir wollte. Aber das kam jetzt nicht in Betracht. Sollte sie schmoren.

Einen Augenblick dachte ich, soll die Frage etwa heißen: «Wo ist Anna?» Und die Antwort würde lauten: «In mir drin?» Nichts da. Ein zu gefährliches Feld. So sagte ich:

«Die Frage auf die Antwort ‹in mir drin› heißt: ‹Wo ist Millie?›»

Anna grinste. Und einen Moment lang dachte ich, sie würde mir ein Bonbon in den Mund stecken, weil ich ein so braver Schüler war.

«Und was ist die Frage auf die Antwort ‹in Millie innen drin!›»

Ha! Das hatte ich schon ausprobiert. Da war die Gelegenheit. Dic Frage auf diese Antwort würde Anna zum Schweigen bringen. Damit hatte sie nicht gerechnet. Das Spiel war doch zu gewinnen. Mit großer Vorsicht antwortete ich:

«Vor der Antwort ‹innen drin in Millie› steht die Frage: ‹Wo ist Sex?›» Und zu mir selber sagte ich, so, du kleines verdorbenes Subjekt, jetzt sieh zu, wie du da herauskommst.

Aber Anna mußte nirgendwo herauskommen, denn sie war gar nicht erst irgendwo hineingekommen. Ohne auch nur mit den Augen zu blinzeln, setzte sie ihr Antwort- und Fragespiel fort. Die Fabrik in ihr lief und brauchte keine Ferien. Sie sagte:

«Und wie heißt die Frage auf die Antwort ‹in der Mitte von Sex›?»

Ich streckte die Hand aus, legte ihr den Zeigefinger auf die Lippen und sagte: «Die Frage auf diese Antwort heißt: ‹Wo ist Mister Gott?›»

Sie sah mich an, und dann biß sie kräftig zu. Ihre Augen sagten, das ist dafür, weil du mich so lange hast warten lassen. Ihre Lippen sagten ja.

Ich räkelte mich auf dem Boden des alten Kahns und dachte darüber nach, was ich eben gesagt hatte. Und je mehr ich darüber nachsann, desto mehr kam ich zu der Überzeugung, daß das gar nicht so dumm war; nein, eigentlich war es doch geradezu ausgezeichnet. Mir gefiel es, ich gefiel mir selbst. Schließlich wurde doch allerlei Unsinn beiseite geschoben, wenn man wußte, wo Gott war. Tatsächlich, es gefiel mir sehr, nur . . .

Das «nur» blieb mehrere Tage in der Luft hängen, bevor es aufgelöst wurde. Sogar mein kleiner Dämon ging vorsichtig zu Werke. Sie führte mich sacht an die Dinge heran und erklärte mit Worten, die auch ein so schußliger Idiot wie ich verstehen konnte. Ich war so weit gegangen, wie es für mich möglich war. Ohne zu zögern, hatte ich die Frage auf alle Antworten gefunden. Die Antworten hießen: «In den Würmern, in den Blumen, in dir, in mir». Sogar alberne Antworten wie «in der Straßenbahn» waren mir eingefallen; und auf alle diese Antworten gab es nur eine Frage: «Wo ist Mister Gott?» Statt eines großen allmächtigen Gottes, der in seinem Himmel aus x Dimensionen saß, gab es jetzt ein ganzes Assortiment kleiner Mister Gotts. Alle waren sie der Mittelpunkt von irgend etwas. Und alle diese Mittelpunkte konnte man zusammensetzen zu einem riesigen Puzzle aus Millionen, Squillionen Teilen, und das Ergebnis war wiederum Mister Gott in seiner unüberschaubaren Größe.

Anna erklärte mir all das, und ich dachte zuerst an den guten alten Propheten Mohammed. Er mußte damals noch zum Berg gehen; bei Anna war das nicht nötig. Sie befahl, und was sie wollte, geschah. Wie war das gewesen, neulich? «Meine Antworten sind immer richtig.»

«Wo bist du?» fragte Anna.

«Hier natürlich», sagte ich.

«Und wo bin ich?»

«Dort.»

«Und wo weißt du das, daß ich dort bin?»

«Na, irgendwo in mir drin weiß ich das.»

«Dann hast du doch das, was in mir drin ist, auch in dir drin ... oder?»

«Bißchen komisch, Fratz, aber vielleicht stimmt das.»

«Dann hast du Mister Gott, der in mir drin ist, auch in dir drin ... oder? Und alles, was du weißt, und alle Leute, die du kennst, die hast du doch auch ganz in dir drin ... oder? Sonst könnte man doch gar nicht denken. Das ist doch ganz einfach.»

Der Kindersatz «warum einfach, wenn es auch umständlich geht» fiel mir ein. Mit Anna als Lehrerin wurde dieser Satz umgekehrt. Es war alles einfach, glaubte sie. Mir schien es nicht ganz so zu sein. Ich hatte geglaubt, meine Lehrzeit sei bald beendet, aber hier sah ich meine Grenzen. So wie damals, als ich mir zum ersten Mal Gedanken über Sex machte. Auch das sah zu Anfang einfacher aus, als es nachher war.

15

Merkwürdiger Sexualkunde-Unterricht

Wohnte man im East End von London, so war das Thema Sex nicht sonderlich kompliziert. Es war noch zu einer Zeit, als man dieser Frage überhaupt nicht eine solche Bedeutung beimaß wie heutzutage. Mit unkompliziert meine ich die Tatsache, daß es im East End niemanden gab, der ein halbes Leben lang glaubte, er sei in einem Vogelnest zur Welt gekommen, oder der Klapperstorch habe ihn gebracht. Niemand hielt was von der niedlichen Geschichte von den Blümlein und Bienlein. Jeder wußte, man war vielleicht irgendwo in einem Gebüsch an einem Sommerabend entstanden, aber keiner behauptete, der Osterhase habe das Baby dort im Gebüsch versteckt. Die Kinder kannten das einschlägige Vokabular, bevor sie bis zehn zählen konnten. Sex wurde noch nicht mit großen flammenden Lettern geschrieben. Anders bei Anna. Sie stellte fest, das Wort gehöre überhaupt nur groß geschrieben. SEX, SEX. Und dabei hatte das mit Sexualität nichts zu tun. Selbstverständliches war für Anna uninteressant. Babies waren Babies, was immer man ihnen für Namen gab. Kleine Katzen waren Babies, Lämmer waren Babies, und ganz kleine Kohlköpfe waren Kohlkopfbabies. Das einzige, das alle diese Babies gemeinsam hatten, war die Tatsache, sie waren neu, brandneu. Eben entstanden. Und wenn das wahr war, wie verhielt es sich eigentlich mit Ideen, Gedanken? Mit Sternen? Mit Bergen? Mit allen möglichen Dingen? Was gab es zu argumentieren, wenn jemand behauptete, Worte könnten neue Ideen machen? War es möglich, daß Worte etwas mit Sex zu tun hatten?

Ich ahne nicht, wie lange Anna über diesem Problem gebrütet hatte, vielleicht sogar Monate. Es war ein glücklicher Zufall, daß ich gerade dabei war, als Anna ihre Gedanken zu einem Abschluß brachte. Es geschah an einem Sonntagnachmittag nach einem schauerlich erfolglosen Unterricht in der Sonntagsschule.

Danny und ich hielten uns an einer Straßenlaterne fest und schwatzten mit Millie, die hüftenschwenkend vorüberkam.

Die Straße war voller spielender, kreischender Kinder. Vier oder fünf von ihnen balgten sich um einen gelben Luftballon bis er platzte.

Millie rannte zu den heulenden Kleinen und wischte ihnen die Tränen mit einem Spitzentaschentuch ab. Und Danny wurde von der Horde eingefangen; er war das nächste Objekt, um das sie sich balgen wollten.

Anna hatte «Ballprobe» gespielt. Ein endloses Ding, bei dem man den Ball kunstvoll an die Wand werfen und ebenso kunstvoll wieder fangen mußte, einmal rechts, einmal links, einmal unter dem Bein durch, einmal hinter dem Rücken hervor. Jetzt hörte sie auf, kam herüber, und wir setzten uns auf den Boden und lehnten uns an den Laternenpfahl. Plötzlich hörte ich, wie Anna mit der Zunge schnalzte. Es war ein unnachahmliches Geräusch. Ich hatte keine Ahnung, wie sie das zustande brachte, und erklären konnte sie es auch nicht. Aber immer, wenn sie auf diese Weise schnalzte, war das ein Zeichen für angestrengtes Nachdenken. Ich sah zu ihr hinüber.

Sie hielt einen Gummifetzen des geplatzten Ballons mit einem Fuß auf dem Boden fest, mit einer Hand zog sie das elastische Material in die Länge, mit dem rechten Zeigefinger bohrte sie hinein.

«Das is ja irre komisch», murmelte sie. «Fynn, guck mal!»

«Is was, Fratz?»

«Zieh mal da dran.»
Ich zog die Ballonreste noch weiter in die Länge, und Anna bohrte ihren Zeigefinger weiter hinein, ohne den Gummi zu zerreißen.
«Irre komisch, was?»
«Was ist da komisch?»
«Na, wie das aussieht, mein ich.»
«Das sieht aus wie ein Zeigefinger, den Anna in eine Luftballonhaut bohrt. So sieht das aus. Und das findst du irre komisch?»
«Das sieht doch aus wie dein Ding, ich meine das, was ein Mann hat, nich?»
«Na, bißchen klein, aber ungefähr so sieht es schon aus.»
«Und auf der annern Seite sieht es aus wie vonner Frau.»
«Wirklich? Laß mal sehn.» Ich sah genau hin. Anna zog den Finger zurück. Auf der anderen Seite blieb eine Delle im Gummi. Ein bißchen Ähnlichkeit gab es schon, wenn man die Phantasie anstrengte.
«Das is doch wirklich ganz irre komisch.»
«Na, so furchtbar irre find ich das nun wieder nicht.»
«Ich mach bloß eine einzige Sache» – und wieder bohrte sich ihr Zeigefinger in die Gummihaut – «bloß eine Sache, und heraus kommt das Ding von einem Mann und das von einer Frau, beides gleichzeitig. Und das findst du nicht irre?»
Ich lachte. «Deine Methode geht jedenfalls schnell. Das ist komisch.»
Sie lief davon, um mit den anderen zu spielen.
Es muß ungefähr drei Uhr nachts gewesen sein, als sie neben meinem Bett erschien.
«Fynn, bist du wach?»
«Nein.»
«Prima. Ich dachte schon, du schläfst. Darf ich zu dir?»
«Wenn's unbedingt sein muß.»

Sie rutschte flink unter die Decke.
«Fynn, die Kirche. Ich meine, ist die Kirche vielleicht sexuell . . . oder wie das heißt?»
Jetzt wachte ich auf.
«Was heißt das? Was meinst du damit?»
«Die Leute sagen doch immer, die Kirche sät die guten Samen in die Menschen hinein und macht alle neuen Sachen . . . oder?»
«Oh!»
«Und deshalb gibt's eben auch bloß Mister Gott und nicht Frau Gott!»
«Tatsächlich?»
«Das könnte doch so sein, nicht? Ich glaub, auch der Schulunterricht ist sexuell.»
«Das erzählst du deiner Lehrerin besser nicht.»
«Warum nicht? In der Schule machen sie Sachen in unsern Kopf rein, und dann entsteht was ganz Neues.»
«Fratz, das ist nicht Sex, das ist Lernen, verstehst du? Mit Sex macht man Babies, das weißt du genau.»
«Bestimmt nicht bloß Babies. Das glaub ich nicht.»
«Und wie kommst du da drauf?»
«Also, wenn es auf der einen Seite ein Mann ist und gleichzeitig auf der andern Seite eine Frau.»
«Auf der einen Seite von was?»
«Ich weiß noch nicht. Ich denk noch drüber nach.» Sie schwieg einen Moment. Dann fragte sie: «Bin ich eine Frau?»
«Ich schätze schon. Fast eine Dame, Fratz.»
«Aber ich krieg trotzdem keine Babies, oder?»
«Na ja, noch nicht jetzt. Aber später ganz sicher.»
«Aber ich kann ganz allein ganz neue Ideen kriegen . . . oder?»
«Klar. Neue Ideen haufenweise.»
«Das ist doch dann so wie Kinderkriegen? Ein bißchen so ähnlich wenigstens?»

An diesem Punkt versickerte unsere nächtliche Unterhaltung. Etwa eine halbe Stunde lag ich noch wach, aber dann war ich wohl eingeschlafen. Jedenfalls wurde ich plötzlich unsanft geschüttelt und Anna fragte:

«Schläfst du, Fynn?»

«Jetzt nicht mehr.»

«Wenn etwas herauskommt, ist es eine Frau, wenn etwas hineinkommt, ist es ein Mann, männlich mein ich.»

«Was meinst du mit ‹etwas›?»

«Überhaupt alles.»

«Oh. Das ist hübsch.»

«Ja. Ist das nich wahnsinnig aufregend?»

«Atemraubend! Und wenn du mich jetzt nicht schlafen läßt, red ich nie wieder mit dir. Still und halt den Mund.»

«Aber denk doch, du kannst ein Mann sein und eine Frau, beides zur gleichen Zeit.»

«Ich schlafe schon.»

16

Ein nächtliches Gedankengebirge

Zwei Jahre Leben mit Anna waren Freude, Stolz und Vergnügen über das, was sie gesagt oder getan hatte. Die Nachbarn riefen mir zu: «Rate mal, was Anna heute gesagt hat» oder «Rate, was sie heute getan hat». Ich lachte über Annas Kühnheit und unschuldigen Kindermut. Es war ein liebevolles Lachen. Ich war ihr um einige Stufen voraus auf jener Klettertour, genannt Leben, bei der man Verständnis für andere nur langsam lernt, sich aber auch manche Beule und Schramme holt. Und je höher man erfolgreich geklettert war, desto leichter fielen einem Großzügigkeit und Wohlwollen. Auch Wohlwollen denen gegenüber, die sich auf der gleichen halsbrecherischen Tour befanden, aber noch tiefer unten krabbelten.

Anna kletterte eifrig mit. Daß sie mir eigentlich voraus war, bemerkte ich erst viel später. Sie streute ihre Gedankenperlen umher, wie es ihr in den Sinn kam. Und ich bückte mich und hob einige auf. Viele blieben unbeachtet liegen, weil sie wie einfache Kiesel aussahen. Jede Sekunde des Lebens wird in einer Ecke unseres Hirns gespeichert und säuberlich registriert. Wo aber waren Annas Gedanken bei mir aufgehoben? Ich habe den Schlüssel zu den fest verschlossenen Schubladen verloren. Nur manchmal springt eine durch Zufall auf. Ein Gedanke liegt darin, blank und neu. Irgend etwas geschah, ein Wort wurde gesagt, und meine Erinnerung kehrt zurück. Ich entdeckte das Wesen meiner Beziehung zu Anna an jenem Abend, an dem ich zu begreifen begann, wer sie eigentlich war. Oder zumindest erfuhr ich ein wenig, wie sie dachte und wie sie die Dinge anpackte. Mochte es noch so skurril sein.

Es war zu Beginn des Winters. Es wurde früh dunkel. Wir hatten die Küche für uns allein. Niemand außer uns beiden war zu Hause. Die geschlossenen Fensterläden ließen das naßkalte Wetter draußen. Im Herd glosten die Kohlen vor sich hin, und zitternde Flammenzungen leckten dann und wann durch das Gitter.

Auf dem Küchentisch standen und lagen ein halbfertig gebasteltes Radio, Schachteln mit wirrem Krimskrams, eine Spirituslampe, ein Lötkolben und ein «geordnetes» Durcheinander von Werkzeugen, Sicherungen, Kleberollen.

Anna kniete auf einem Stuhl und stützte die Ellenbogen auf den Tisch. Das Kinn legte sie in die Hände und schaute mir nachdenklich zu. Ich saß ihr gegenüber, und meine Aufmerksamkeit blieb nicht ungeteilt. Da war einerseits die Radiobastelei, aber andererseits gab es Anna und drittens die Schatten an der Wand. Das Feuer im Herd wurde langsam lebendiger. Die Flammen warfen Annas Schatten an die Wand. Sie fielen wieder zurück. Neue Flammen warfen neue Schatten. Eine Erklärung wäre einfach, aber der geheimnisvolle Effekt vereitelte jede sachliche, unromantische Erläuterung. Dort lief wieder ein Schatten an der Wand entlang. Zuerst hielt er an bei dem rührenden Ölgemälde mit den zwei Hirschen, dann hüpfte er zur Tür und blieb schließlich in den Gardinen hängen. Die Schatten liefen auf und ab, als hätten sie ein Eigenleben. Sie verschwanden und erschienen, als spielten sie mit sich selbst. Meine Augen folgten ihnen, von einem zum andern, dann gab es plötzlich drei auf einmal. Die Flammen erloschen wieder, nichts blieb zurück. Irgend etwas in mir rührte mich an. Aber es lag zu tief, um ergründbar zu sein. Anna sah auf, schaute mich an und lächelte. Das Gedankenkarussell in mir drehte sich, aber es geschah nichts.

Die Schatten tanzten davon und hinterließen in mir eine melancholische Leere.
Ich bastelte an meinen Drähten. Niemand sagte etwas. Nur die Flamme des Lötkolbens zischte leise vor sich hin. Ich schloß die Batterien an und setzte Sicherungen ein. Zuletzt große Probe: Wir drehten das Ding an, waren gespannt. Nichts. So etwas passiert auch mir von Zeit zu Zeit. Ein paar Messungen im rechten Spannungsbereich. Dort lag offenbar der Fehler. Ein paar Lötstellen saßen falsch und gehörten wieder aufgemacht. Mit dem Voltmesser war das leicht festzustellen. Ich schloß das Gerät an den Stromkreis an und schaltete es ein. Es war einer von diesen kleinen, lächerlichen Fehlern, die durch Unaufmerksamkeit entstehen. Er ließ sich rasch beheben. Anna legte ihre Hand auf meine Hand und runzelte nachdenklich die Stirn.
«Was hast du eben gemacht?» fragte sie und wies auf das Meßgerät.
«Damit hab ich den Fehler gefunden.»
«Bitte, Fynn, mach alles noch mal, was du eben gemacht hast.» Sie sah nicht mich an. Ihre Augen hingen an dem kleinen Gerät. «Ganz genau noch mal von Anfang an.»
«Wieso? Ich soll den Fehler wieder reinbauen, nachdem ich ihn gerade gefunden und weggekriegt hab? Fratz, ärger mich nicht.»
Aber sie sah mich nur bittend an und nickte mir zu. So machte ich alles wieder kaputt und lötete noch einmal an den falschen Stellen. «So, und was jetzt, du Hexe?»
«Jetzt mach es bitte wieder heil, so wie vorher, aber du mußt dazu reden», bat sie.
«Aber Fratz, du verstehst kein Wort davon. Lauter Fachausdrücke. Technisches Zeug, verstehst du?»
«Ich will gar nicht die Wörter verstehen. Ich mein ganz was anderes.»

«Na gut. Also, zuerst hab ich in diesem Bereich hier die Spannung gemessen, dann den Voltmesser an den Widerstand gehalten. Das ergab eine andere Spannung an diesem Punkt hier.» Meine Finger tippten auf die jeweils beschriebene Stelle. «Du siehst, überall zeigt das Gerät die richtige Spannung. Und jetzt kommen wir an diese Stelle, wo vermutlich der Fehler sitzt..»
Anna sah auf den Voltmesser und registrierte die anderen Werte.
«Siehst du», fuhr ich fort, «da sind andere Zahlen. Hier muß der Fehler liegen. Jetzt machen wir die Lötstelle wieder auf und schließen das Gerät an den Stromkreis an, dann werden wir sehen, was passiert. Da! Keine Spannung! Kein Strom! Nichts!»
Ihre Hände kamen gekrochen. Ich nickte. Sie löste die Drähte vorsichtig und brachte sie an die richtige Stelle. Kein Strom. Dann fügten wir das noch fehlende Teilchen ein, schraubten gemeinsam alles zusammen. Ein Knopfdruck. Wir hörten Musik.

Kurz nach zwei Uhr nachts erwachte ich vom Klack-klack-klack der Vorhangringe. Anna stand dort im Licht der hereinscheinenden Straßenlaterne. Es war merkwürdig, wie das leise Geräusch der Ringe mich jedesmal weckte. Merkwürdig jedenfalls, wenn man bedachte, daß wir alle in einer Wohnung schliefen, in der einem die draußen ratternden Züge geradezu zum einen Ohr hinein- und zum anderen wieder hinausfuhren. Das störte nicht. Aber diese Vorhangringe überhörte ich nie.
In den zwei Jahren mit Anna hatten sich Bossy und Patch zu einer Art Leibwache für Anna ernannt. Niemand durfte ihrer Herrin ohne spezielle Erlaubnis zu nahe treten. Bossy, die krallenbewehrte Furie, landete heute nacht mit einem Satz

auf meiner Brust. Patch war nicht ganz so draufgängerisch, sondern wandte sich um, ob Anna ihm auch folge.

«Wach, Fynn?»

«Was is los, Fratz?»

«Alles is los.»

«Oh.»

Sie schluchzte länger als gewöhnlich, und ich blätterte in meinem Gedächtnis die Ereignisse der letzten Tage durch, um den Grund für die Tränen zu finden.

«Hast du das Ding in die Mitte getan?» fragte sie endlich.

«Was für'n Ding in welche Mitte?»

«Na, das kaputte Stück bei dem Radio, das nachher heil war?»

«Du meinst, als der Stromkreis unterbrochen war?»

«Ja, da war so etwas wie eine kleine Schachtel, war die in der Mitte?»

«Ja. Warum?»

«Das ist komisch.»

«Warum?»

«Ich muß bei so was immer an Mister Gott denken und an die Kirche.»

«Hör mal, das ist wirklich übertrieben. Ich versteh kein Wort. Du mußt doch nicht bei jeder Gelegenheit Mister Gott an den Haaren herbeiziehen.»

Endlich lachte sie und sagte: «Aber es is ganz wahr. Bestimmt.»

Um zwei Uhr morgens funktioniert mein Gehirn zwar, aber langsamer als sonst. Um meine grauen Zellen in Betrieb zu setzen, hätte ich jetzt aufstehen müssen; aber es war hundekalt. So zündete ich mir nur eine Zigarette an. Der Rauch umwölkte uns und machte mich munter. Gott und seine heilige Kirche waren so was Ähnliches wie eine Radioreparatur. Na schön, das war morgens um zwei ein beachtliches Denk-

gebirge. Und Anna bremste man nicht leicht. So fügte ich mich in das Unvermeidliche und sagte freundlich:
«Zur Kirche gehen ist genauso wie ein Radio reparieren. Stimmt. Aber nun erzähl mir das noch mal. Ich hab das nicht ganz mitgekriegt. Erzähl hübsch der Reihe nach . . . und langsam, bitte.»
Sie lehnte sich zurück und sortierte ihre Gedanken. Sie überlegte sich sichtbar ein paar einfache Sätze, die auch ein Erwachsener verstehen konnte.
«Was hast du gemacht, zuerst?»
«Die Spannung gemessen.»
«Außerhalb von dem Stromkreis?»
«Natürlich. Spannung kann man nur ohne Strom messen.»
«Und dann?»
«Die Stromstärke gemessen.»
«Innen drin?»
«Stärke kann man nur in einem geschlossenen Stromkreis messen.»
«Siehste. Also innen. Das ist genauso wie die Leute in der Kirche, nicht?»
Sie sah, daß ich noch immer nichts begriffen hatte, und fuhr fort:
«Ich meine, die Leute gehen zur Kirche und glauben, sie können Mister Gott ausmessen. Aber sie tun das immer nur von außen. Richtig messen, ich meine, die Stärke von Mister Gott kann man nur ausmessen, wenn man in ihm drin ist.»
Sie wartete geduldig, ob ihre Idee irgendwo bei mir Feuer fangen würde.
Draußen quälte sich der *Continental Express* vorbei in Richtung Liverpool. Er pfiff müde. Es war spät. Der Ton rannte außen an unseren Fenstern vorüber und lachte mich aus. Schläfrige Pullman-Wagen ratterten durch die Nacht – diddel-didam, diddel-di-die, diddel-di-diii. Alles hatte sich in

dieser Nacht gegen mich verschworen. Ein paar meiner Hirnwindungen bequemten sich allmählich zu einem langsamen Erwachen. Neulich hatte ich zwar Thomas von Aquin gelesen, aber der hatte auch nichts über Radios gesagt. Also schob ich den Alten beiseite, damit Platz genug für Anna war.

Angenommen, ich bin ein Christ, so kann ich außen stehen und doch Gott ausmessen. Das Meßgerät zeigt nicht die Spannung, sondern ich lese andere Werte ab: Liebe, Güte, Allmacht. Eine ganze Menge solcher Einteilungen gab es auf der Skala. Und jetzt der nächste Schritt. Ich öffne den Stromkreis und füge ein Meßgerät, mich, ein. Setze ich mich in den Stromkreis, so bin ich ein Teil Gottes. Ob sie das meinte?

«Du sagst, ich kann denken, ich bin ein Christ. Ich kann Mister Gott von außen ermessen und sagen, er liebt uns, er ist allmächtig und alles das. Aber in Wirklichkeit ist das nichts? Überhaupt nichts? Ich bin nicht einmal so viel wie eine tote Ente?»

«Die Leute sagen das so.»

«Sicher. Aber ich gehöre auch zu den Leuten.»

«Na, dann weißt du es doch.»

«Was?»

«Daß überhaupt alles von den Menschen ausgedacht ist.»

Ich bestand auf weiteren Erklärungen. «Wenn ich das aber schaffe, hineinzukommen in den Kreis, und wenn ich Mister Gott von innen verstehe, bin ich erst dann ein Christ?»

Sie schüttelte langsam den Kopf. «Du könntest doch auch wie Harry sein, oder?»

«Der ist ein Jude.»

«Ja, oder wie Ali.»

«Der ist ein Inder.»

«Das sag ich ja. Es macht überhaupt nichts, was einer ist, wenn er Mister Gott von innen versteht.»

«Warte. Was zum Teufel aber kann ich dann noch messen oder verstehen, wenn ich innen drin angelangt bin?»
«Nix.»
«Wieso nix?»
«Weil es dann nämlich ganz wurscht ist. Du bist einfach wie ein Stück von ihm, ein kleines Stück natürlich nur. Aber du gehörst dazu. Das hast du selber gesagt.»
«Ich hab nie so was gesagt.»
«Doch. Du hast gesagt, wenn du dieses kleine Teilchen in den Stromkreis tust, dann gehört es dazu und ist ein Stück von dem Ganzen.»
Es stimmte. Ich hatte derlei gesagt und natürlich nur rein Technisches gemeint. Anna aber hatte ihr Weltbild daraus abgeleitet.

Die Kirchturmuhr schlug sechs. Es war ein düsterer Morgen. Ich fragte: «Wie viele Sachen erzählst du mir nicht?»
«Ich sag dir alles.»
«Wirklich? Tatsächlich alles alles?»
«Nein», sagte sie ruhig, aber ein wenig zögernd.
«Und warum nicht?»
«'n paar Sachen, die sind eben, also die sind . . .»
«Zu komisch?»
«Hm. Bist du mir böse deshalb?»
«Nein, kein bißchen.»
«Ich dachte, du wärst vielleicht böse, wenn ich das sag.»
«Nein. Und wie komisch sind diese Sachen, die du nicht sagst?»
Sie setzte sich neben mir auf, bohrte ihre Zeigefinger in meine Arme und forderte Widerspruch heraus.
«So komisch . . . wie zwei und fünf vielleicht vier ist.»
Das war's. Ich wußte genau, was sie meinte. So ruhig ich konnte, gab ich mein eigenes Geheimnis preis. Ich sagte:

«Oder wie zwei und fünf vielleicht zehn ist?»
Einen Moment lang rührte sie sich nicht. Dann wandte sie mir ihr Gesicht zu und sagte leise: «Du auch?»
«Hm. Ich auch. Wie bist denn du drauf gekommen?»
«Unten bei der Brücke, wo wir immer die Abkürzung nehmen. Die Zahlen auf den Booten. Und du?»
«Im Spiegelbild.»
«Im Spiegel?» Sie staunte.
«Ja im Spiegel oder auch im Spiegelbild an der Wasseroberfläche.»
«Hast du das schon mal jemandem erzählt?»
«Ein paarmal.»
«Und was haben die anderen gesagt?»
«Sie haben gesagt, ich wäre dumm, und ich verplempere Zeit mit dem Unsinn. Hast du das Geheimnis schon mal erzählt?»
«Einmal. Meiner Lehrerin.»
«Und was hat sie gesagt?»
«Sie hat gesagt, daß ich doof bin.»
Wir kicherten in vergnügtem Einverständnis. Wir gingen den gleichen Weg, lebten in der gleichen Welt, welche die anderen für unsinnig oder gar verrückt hielten. Wir waren beide auf der Suche nach dem Neuen, wir wollten Geheimnisse enträtseln. Wir hatten beide gelernt, daß fünf gleich fünf ist und nichts sonst. Und schon wenn man eine geschriebene Fünf im Spiegel sah, war es keine Fünf mehr, sondern die Spiegelzahl ähnelte eher einer Zwei. Und aus dieser einfachen Sache ergaben sich die kuriosesten Rechenspielereien. Das faszinierte uns, obwohl keinerlei Nutzen darin zu sehen war. Fünf bedeutete fünf, weil das schon immer so gewesen war. Eine abgemachte Sache, an die sich jeder hielt. Aber diese Fünf war doch nicht fünf an sich. Beschloß man etwas ganz anderes und hielt sich auch daran, so bedeutete diese Fünf etwas anderes. Der Sinn wurde verändert durch einen bloßen Wil-

lensakt. Wir probierten es aus, es war das Abenteuer. Wir hatten erkannt, daß Mathematik nicht nur dafür da war, daß man mit einiger Kenntnis Rechenaufgaben lösen konnte. Mathematik war mehr, sie war die Pforte zu einer geheimnisvollen Gedankenwelt. Hier gab es Regeln, die man selber aufgestellt hatte, und darum übernahm man auch die volle Verantwortung für die Ergebnisse. Es war jenseits des gesunden Menschenverstands.

Ich wackelte bedeutsam mit dem Zeigefinger und sagte: «Fünf plus zwei ist zehn.»

«Manchmal bloß zwei«, antwortete Anna.

«Oder ist fünf und zwei vielleicht sogar sieben?»

Wen ging das was an? Es gab Squillionen anderer Welten, die wir noch nicht kannten.

Ich sagte: «Fratz, steh auf, ich muß dir was zeigen.»

Ich langte mir den zweiteiligen Spiegel von Mutters Frisiertisch, und wir schlichen damit leise in die Küche. Es war noch kalt und dunkel. Wir fanden ein einigermaßen großes Stück weißen Karton, und ich malte einen waagerechten schwarzen Strich darauf. Ich stellte die beiden Spiegelteile aufrecht auf den Tisch – und zwar so im Winkel wie ein halbaufgeschlagenes Buch. Zwischen die beiden Spiegelteile klemmte ich die Pappe mit dem Strich darauf, rückte die Winkel zurecht.

«Jetzt guck mal», sagte ich und hielt den Atem an.

Sie schaute und sagte nichts. Ich hörte Annas Atem, ihre Erregung, während sie in die Spiegel starrte. Ich erinnerte mich gut, wie mir zumute war, als ich das Spiegelwunder entdeckte. Anna flog mir um den Hals. Ihre Arme waren Schraubstöcke, sie lachte und biß mir fast die Nase ab. Wir waren beide eine Squillion von Kilometern jenseits der Realität. Es war der Anfang des Wunders, wir waren auf Entdeckungsreise. Die Wunder würden nie aufhören. Es gab immer wieder neue, das wußten wir beide.

17

Nobby, das Pfärd

Bei einer Tasse Tee machten wir Pläne. Sobald die Geschäfte öffneten, würden wir losgehen und bei Woolworth einen ganzen Stapel Spiegel kaufen.

Als wir auf dem Marktplatz standen, waren die Läden noch immer geschlossen. Ein paar Leute dekorierten ihre Schaufenster mit frischen Waren. Andere eilten zu ihren Arbeitsplätzen, grüßten und riefen einander Neuigkeiten zu. Füße trampelten auf dem Pflaster, als wollten sie die Kälte zertreten, die von dort aufstieg. Aus der Kaffeebude kam eine Wolke von Kaffeeduft, die sich mit dem Geruch heißer Cervelatwürste vermischte.

«Schmeiß mal 'ne Tasse und zwei Schmalzstullen rüber, und tu noch'n Stück Käsekuchen mit bei», sagte der Taxifahrer.

«Und für mich auch 'ne Tasse und zwei Kümmelstangen», sagte sein Kollege.

«Und was kriegst du, du Frühaufsteher?» Ich war an der Reihe.

«Zwei Tassen Kaffee und vier Cervelats.»

Ich warf das Geld auf die Theke und bekam ein paar Münzen zurück, die patschnaß waren von Bier- und Cocapfützen. Anna hielt ihre Tasse mit beiden Händen fest und versenkte ihre Nase tief hinein. Über den Rand blitzten zwei hellwache Augen und nahmen alles auf, was um sie herum geschah. Sie konnte Kaffee und Würste nicht gleichzeitig bewältigen, so hielt ich die dampfenden Würstchen zwischen den Fingern wie zwei dicke Zigarren, bereit zum Abbeißen. Es gab noch einen trockenen Platz auf der Theke, wo ich meine Tasse absetzen konnte, um einhändig eine Zigarette hervorzukramen. Ich versuchte, das Streichholz mit meinem rechten Daumen in Brand zu setzen. Es war nicht zu machen. Nie würde ich den Trick herauskriegen, wie meine Freunde das schafften. Am nächsten kam ich dem Rätsel damals, als dabei der Streichholzkopf abbrach, unter meinem Daumennagel stekkenblieb und sich dort entzündete. Es tat gemein weh. Anna hob den Fuß, und ich strich das Hölzchen an ihrer Schuhsohle an.

«Vorsicht! Achtung! Vorsicht!» – wie die Bugwelle eines mittleren Dampfers wurden die Leute auf den Gehsteig gespült und rollten dann zurück. Ein Pferd zog einen Karren durch die Menschenmenge. Das Pferd dampfte in der Morgenkälte.

«Ernie, Ernie!» schrie eine Frau mit einer Lederschürze. «Wo zum Teufel hast du die Kiste mit den Kohlköpfen hingetan?» Für alle anderen, die zuhörten, fügte sie hinzu: «Der Bengel ist ein Sargnagel. Er bringt mich noch ins Grab.»

«Das wäre 'ne echte Chance», meinte jemand.

Ein *Sandwich-man* erschien und verkündete lauthals: »Das Ende ist nah!» Dann verlangte er heißen Tee.

«Der Verkündigungsengel persönlich», lachte jemand.

«Hier, Joe, trink was Heißes mit mir.» Es war der Taxifahrer.

«Danke, Genosse, grunzte der Engel.

«Na, Joe. Was bringst du denn heute Gutes?»

«Das Ende ist nah», stöhnte der.

«Du versetzt mich in Angst und Schrecken», lachte sein Nachbar.

«Und was hast du uns vorige Woche erzählt?»

«Macht euch bereit, keiner entgeht seinem Schicksal.»

«Woher kriegst denn du all diese Neuigkeiten?»

«Der heilige Petrus schickt ihm jeden Tag ein Telegramm.»
Vom Ende der Theke brüllte jemand mit Donnerstimme: «Wer von euch Scheißkerls hat meine Kümmelstengel geklaut?»
«Rutsch mal deinen dreckigen Ellbogen weg, dann siehst du sie!»
«Harry, nimm dich zusammen, hier is was Kleines.»
Harry drehte sich von der Theke weg. In der einen Hand hielt er seine wiedergefundenen Stengel, in der anderen einen Literbecher mit Milchkaffee. Er nahm sich in seiner Hand wie ein Eisbecher aus.
«Hallo, Kleines. Wie heißt du denn?» fragte Harry.
«Anna. Und du?»
«Harry. Allein da?»
«Nee, mit dem da.» Sie nickte in meine Richtung.
«Und was machste so früh in der Gegend?»
«Wir warten, daß Woolworth aufmacht», erklärte Anna.
«Was brauchste denn so eilig von Wuhlie?»
«Paar Spiegel.»
«Das ist nett.»
«Ich brauch zehn Stück.»
«Nanu, wozu brauchste denn zehn Spiegel?»
«Da kann man andere Welten drin sehen, ganz verschiedene», sagte Anna.
«Oh», sagte Harry, so schlau wie vorher, «du bist ja 'ne ganz dolle Nummer.»
Anna strahlte.
«Willste vielleicht 'n Schokoriegel?» fragte Harry.
Anna sah mich an, und ich nickte.
«Ja, bitte, Herr . . .»
«Harry, bloß Harry, nicht Herr», korrigierte Harry und wakkelte mit den kiloschweren Fingern.
«Ja, bitte, Harry.»

«Ahrtuhr!» brüllte Harry über die Schulter zurück. «Schmeiß mal 'n paar Schokoriegel rüber.»
Artur schmiß, und Harry fing sie auf.
«Da, Anna, haste bißchen Schoko!»
«Danke», sagte Anna.
«Danke, was?» In Harrys Stimme lag ein riesiges Fragezeichen.
«Danke, Harry.» Sie wickelte einen Riegel aus und bot an: «Nimm dir auch was, Harry.»
Harrys Arme hatten die Größe mittlerer Baumstämme. Er schob einen vor. Vorn dran hing eine Art Bananenbüschel. So groß jedenfalls waren seine Hände. Mit diesen Bananenfingern brach er sich ein angemessenes Stück von der Schokolade ab. »Magste Pfärde, Anna?» fragte er.
Anna teilte mit, sie liebe Pferde geradezu.
«Dann komm mit und besuch meinen Nobby.»
Wir gingen um die Ecke in eine kleine Seitenstraße, und da war Nobby, ein Riesenpferd, ein Tier, wie es nur zu Giganten von Harrys Ausmaßen paßte. Nobby trug messingglitzerndes Zaumzeug, und sein Fell leuchtete mit dem Messing um die Wette. Er fraß eben aus etwas, das mir wie ein zentnerschwerer Kohlsack vorkam, den Harry seinem Gaul um den Hals gebunden hatte. Als Harry näher kam, schnarchte Nobby in den Sack hinein, und wir alle wurden übersprüht mit Haferkörnern und weicher Spreu. Harry öffnete den Mund und lachte schallend.
Vor fünf Minuten wollte er noch jedem den Schädel einschlagen, der sich an seinen Kümmelstangen vergriffen hatte. Und ich bin sicher, Harry nahm es leicht mit vier oder gar sechs ausgewachsenen Männern gleichzeitig auf. Jetzt aber schmolz er dahin wie ein Märchenriese für ein kleines Mädchen und ein «Pfärd». Er gab Anna eine Handvoll Zuckerwürfel für Nobby.

«Er tut dir nix, Anna. Der tut keiner Fliege was, bestimmt.»
Nobby kräuselte seine Lippen und zeigte ein Gebiß, dessen Zähne wie eine Reihe nebeneinanderstehender Grabsteine aussahen. Dann schnupperte Nobby interessiert an Annas Hand, die Zuckerstücke verschwanden eines nach dem anderen. Harry plauderte Unverständliches mit seinem zuckerschleckendes «Pfärd» und sagte dann: «Anna, du könntest auf Nobby sitzen und mit ihm reden, während ich mal ablade. Wenn ich fertig bin, fahr ich euch beide zu Wuhlie.»
Anna nickte, und Harrys bananenartige Riesenhände griffen zu. Mit einem Schwung landete die Prinzessin auf ihrem Roß. Harry lud ab. Kisten und Säcke machten den Eindruck, als seien sie höchstens mit Daunen gefüllt. Dann nahm er Anna und setzte sie behutsam auf den Karren und sich selber neben sie. Mich wies er nach hinten. Anna durfte die Zügel halten, und mit einem erheblichen Aufwand an «hüh» und «hott» ging es los. Ich glaube, Nobby brauchte gar keine Anweisungen. Er kannte seinen Weg im Schlaf. Quer über den Marktplatz konnten wir nicht, da der Wagen ähnliche Ausmaße hatte wie Nobby und Harry. Es war eine Art Kriegsschiff auf Rädern. Wir hielten an der Ecke.
«Wuhlwohrt», schrie Harry und sprang mit Wucht vom Bock.
«Anna, hier ist Wuhlwohrt», erklärte er noch einmal.
«Vielen Dank, Harry», sagte sie.
«Vielen Dank, Anna», grinste er. «Hoffentlich seh ich dich mal wieder.» Dann rollte er mit Pferd und Wagen davon.
Wir haben Harry und Nobby später noch oft getroffen.

18

Das Buch ohne Seiten

Die Verkäuferin bei «Wuhlwohrt» mußte sich zuerst durch mehrfache Nachfrage überzeugen, daß wir wirklich zehn Spiegel wollten.
«Sie sind ja ganz schön eitel», sagte sie schließlich.
Wir rasten mit unserer Beute nach Hause und räumten den Küchentisch leer. Wir leimten mit Stoffresten zwei Spiegel an einer Seite aneinander, daß sie aussahen wie zwei Buchdeckel. Anna brachte die Pappe mit dem schwarzen Strich. Dort stand unser Spiegelbuch aufgeschlagen; die Pappe taten wir so vor das Buch, daß das Scharnier der beiden Spiegel die Spitze eines Dreiecks bildete, die beiden auseinanderklaffenden Seiten kreuzten die schwarze Linie auf der Pappe. Die gemalte Linie und die beiden in den Spiegeln reflektierten Linien bildeten ein gleichschenkliges Dreieck. Anna spähte hinein. Ich begann, das Spiegelbuch langsam zu schließen, der Winkel verkleinerte sich, die schwarzen Linien bildeten plötzlich ein Quadrat. Anna starrte.
«Noch ein bißchen», kommandierte sie.
Ich verkleinerte den Winkel noch ein wenig. Sie zählte: «Eins, zwei, drei, vier, fünf, das Ding hat jetzt fünf Seiten.»
Nach einer Weile fragte sie: «Wie heißt so was?»
«Ein Pentagon.»
Wir verkleinerten den Winkel noch mehr. Und ich erklärte die Formen. Da gab es das Hexagon, das Oktogon. Nach dem Dekagon gingen mir die Namen aus. So zählten wir nur noch die Seiten und nannten die Formen ein «Siebzehnagon»

oder ein «Vierzigagon». Anna fand, das sei ein sehr merkwürdiges und herrliches Buch. Je mehr man es zumachte, desto interessanter wurde es. Und was noch komischer war: Dieses Wunderbuch bestand nur aus zwei Spiegeln. Jede Form hatte eine Seite mehr. Also mußte es doch auch welche mit Millionen, nein mit Squillionen Seiten geben. Wer hatte je von einem Buch gehört, in dem man eine Squillion Bilder ansehen konnte, und doch besaß das Buch keine einzige Seite. Je weiter wir aber das Buch schlossen, desto sichtbarer rannten wir in eine Falle. Das Spiegelbuch stand nur noch einen Zentimeter offen und wir konnten nichts mehr sehen. Was passierte jetzt da drinnen? Wir fingen noch einmal von vorn an. Aber beim «Ixigagon» konnten wir wieder nicht weiter. Was nun?

Anna sagte: «Wenn es ein Squillionagon ist, dann ist es vielleicht ein Kreis.»

Aber wie konnte man das sehen? Schließlich kratzten wir in die Rückseite eines Spiegels ein Loch und machten einen «Spion». Tatsächlich. Das «Squillionagon» war wirklich ein Kreis. Beziehungsweise, es wurde schwierig zu behaupten, daß das ein Kreis sei und auch nie einer werden würde.

Die nächste Falle war das Licht. Je mehr man das Buch schloß, desto dunkler wurde es darin. Anna wollte unbedingt wissen, wie es in dem Buch aussah, wenn es ganz geschlossen war. Ein verzwicktes Problem. Wie erleuchtet man ein fest zugeklapptes Zauberspiegelbuch?

Wir verwarfen Streichhölzer oder Kerzen als zu gefährlich oder unbrauchbar. Bald verfielen wir auf die winzige Birne einer Taschenlampe, die wir durch dünne Drähte mit einer Batterie verbanden. Sie war natürlich immer noch zu groß, und man konnte das Buch noch immer nicht zumachen. Aber immerhin, es war ein Schritt weiter. So stellten wir die Spiegel eng, aber parallel nebeneinander, so daß die Birne gerade

dazwischenpaßte. Das würde gehen. Wir hängten ein Tuch darüber, damit kein anderes Licht einfallen konnte. Anna schaute durch den Spion.
«Da sind jetzt Millionen und Millionen von Lichtern», flüsterte sie. Und mit noch größerer Verwunderung: «Fynn, und kein Squillionagon. Da sind nur zwei gerade Linien.»
Vor zehn Jahren hatte mich das Wunder ebenso beeindruckt. Darum war ich gefaßt auf Annas Reaktion. Ich langte über sie hinweg und drückte die parallelen Spiegelseiten auf einer Seite ein wenig zusammen. Sie lehnte sich zurück und sah mich an. «Ein Kreis, ein ganz großer Kreis, der größte Kreis von der Welt. Wie hast du das gemacht?»
Ihre Augen staunten. Ich drückte die beiden anderen Enden zusammen. Und der größte Kreis der Welt schnurrte wieder zu einer Linie zusammen, und dann bogen sich die Linien nach der anderen Seite und rannten voreinander davon.
Anna betrachtete fortan ihr Spiegelwunderbuch sicherlich hundertmal am Tag. Unzählige verschiedene Dinge wurden zwischen die beiden Hälften gesteckt. Es ergaben sich Formen und Muster, die einfach jedermann verblüffen mußten.

Eines Nachmittags passierte wieder etwas Neues. Anna schrieb große Buchstaben auf Papierstücke und stellte sie vor das aufgeschlagene Buch.
«Komisch», murmelte sie. Sie schaute in den linken Spiegel, dann in den rechten und wieder in den linken.
«Komisch, zuerst ist das verkehrtrum, und dann in dem andern Spiegel ist es wieder richtigrum. Komisch.»
Einige der Buchstaben waren manchmal falsch und manchmal richtig. Aber einige blieben immer richtig. Anna sortierte die Falschrum-Buchstaben heraus. Es blieben: A H I M O T U V W X.
Ich rutschte neben sie in einen Sessel und durchblätterte ihre

Zettel, bis ich das A gefunden hatte. Ich teilte das A vom Winkel her mit einem Spiegel. Anna schaute, nahm mir den Spiegel weg und probierte es selbst. Sie probierte alle Buchstaben durch. Es beschäftigte sie eine Stunde lang. Dann hatte sie herausgefunden, was da los war.

«Fynn, wenn die Hälfte im Spiegel ganz genau ist wie die Hälfte auf dem Papier, dann sind es immer die Richtigrum-Buchstaben. Die bleiben ganz gleich. Und das O ist am lustigsten. Das kann man kreuz und quer durchschneiden. Es bleibt immer ein O.

Anna hatte das Gesetz der Symmetrie erkannt. Manche Dinge verwandelten sich von innen nach außen, manche von links nach rechts, und manche blieben, wie sie waren.

Wir bastelten Spiegelbücher im Kleinformat, und Millie und ihre Freundin Kate schenkten uns ihre Taschenspiegel dafür. Diese kleinen Bücher nahmen wir überallhin mit.

Wir knieten auf der Straße, wenn es dort ungewöhnliche Muster auf dem Pflaster gab. Käfer wurden vervierfacht, verzehnfacht, versquillionenfacht; Blätter, Samen, Straßenbahnfahrscheine. Man konnte eine ganze Lebenszeit damit zubringen. Farbige Glühbirnen leuchteten, und wir sahen durch den Spion. Für ein paar Groschen gehörte uns die tausendfache Lichterwelt vom Piccadilly Circus. Es war geheimnisvoll, aber nicht nur das, es war sogar nützlich, denn so konnten wir zwei Seiten, die ein Ding hatte, gleichzeitig sehen. Anna wollte schließlich wissen, ob man ein Ding rundum von allen Seiten sehen konnte. Und so bauten wir den Spiegelwürfel. Die zu betrachtenden Dinge hängten wir an einem Faden in den Würfel hinein. Und da war wieder das Erstaunliche: Wir sahen das Ding von allen Seiten gleichzeitig. Ich habe nie gezählt, wie viele Spiegel wir gekauft, gebraucht und zerschmissen haben. Wir fanden die verrücktesten geometrischen Aufgaben, die nur so lange vernünftig waren, als wir uns in unserer Spiegelwelt bewegten. Wir schrieben und rechneten auf Papier, und vor uns stand ein Spiegel. Wir schauten nicht auf das Papier, wir schrieben und rechneten im Spiegel. Es war spannend, es verlangte Konzentration, aber wir schafften es: Spiegelschrift perfekt. Wunderbar.

Mister Gott hatte den Menschen geschaffen nach seinem Bilde. War das eigentlich möglich? Stimmte das?
«Fynn, vielleicht hatte er einen riesengroßen Spiegel?»
«Wozu?»
«Ich weiß nicht, aber er könnte doch einen gemacht haben, nicht?»
«Sicher.»
«Vielleicht sind wir die auf der anderen Seite?»
«Wer und wo?»
«Vielleicht sind wir die, die falschrum sind?»
«Fratz, eine verrückte Idee.»
«Deshalb machen wir vielleicht alles verkehrt?»
«Ja, ja, deshalb machen wir alles verkehrt.» Soviel Verständnis konnte Anna bei mir nicht erwarten.
«Aber das ist doch klar. Jeder Idiot kann sich das ausdenken. Mister Gott macht uns nach seinem Bild. Und solche Bilder gibt's nur im Spiegel. Und im Spiegel ist alles falschrum. Rechts und links ist links und rechts. Und darum ist Mister Gott vielleicht auf der einen Seite und wir auf der anderen. Er guckt hinein oder auch in ein Spiegelbuch, und da drin sieht er sich selber, und dann sieht er sich zweimal, dreimal, millionenmal und dann squillionenmal. Und die Squillionen Mister Gotts, das sind vielleicht wir, aber alle falschrum. Er kann uns sehen, aber wir ihn nicht. Wenn du in den Spiegel guckst, Fynn, dann siehst du dich. Aber dein Gesicht im Spiegel kann nicht dich sehen. Es kann doch aus dem Spiegel nicht rausgucken ... oder? Aber vielleicht will es das gern?

Es kann nicht raus, und darum kann es auch nicht so werden wie Mister Gott. Höchstens so ähnlich. Versteh st du, was ich meine?»

Das Wunderlichste war vielleicht, daß Mister Gott uns immerhin so viel Verstand gegeben hatte, daß wir denken konnten, zumindest ein wenig. Anna vermutete gar, Mister Gott war eben dabei, ein Buch zu schreiben über seine Schöpfung. Er hatte sich einen Roman ausgedacht mit einer spannenden Story. Aber helfen konnten wir ihm dabei nicht. Wir waren die Figuren in seiner Geschichte. Aber vielleicht ließ er uns manchmal so weit an sich heran, daß wir die Seiten für ihn umblättern durften. Anna war bestimmt angestellt. Sie durfte schon heute Seiten umwenden.

19

Größenverhältnisse

Eines Tages hielt mich Annas Religionslehrerin auf der Straße an. Sie bat mich, nein, sie befahl mir, Anna dahin zu bringen, daß sie sich in der Klasse besser benehme. Was hatte sie angestellt? Sie hatte den Unterricht gestört, mit Fragen unterbrochen, sie hatte Widerworte gegeben und drittens und schlimmstens hatte sie »schmutzige Wörter« gebraucht. Ich muß zugeben, daß Anna über ein erstaunliches Vokabular in dieser Richtung verfügte und es gelegentlich rüde benützte. Ich versuchte, der armen Lehrerin zu erklären, daß Anna böse Wörter zwar in den Mund nahm, aber niemals selber böse sein wollte. Das sei doch ein großer Unterschied. Dieser Pfeil verfehlte sein Ziel vollkommen.

Ich konnte mir Annas Stören im Unterricht lebhaft vorstellen. Aber die Dame war nicht bereit, mir weitere Details zu erzählen. So wandte ich mich abends an die Täterin selbst.

«Ich hab deine Religionslehrerin getroffen. Du mußt dich besser benehmen bei ihr.»

«Ich geh nicht mehr in ihren Unterricht. Überhaupt nie mehr.»

«Warum nicht?»

«Sie ist Lehrerin, aber über Mister Gott lernste bei ihr gar nix.»

«Vielleicht hörst du nicht zu?»

«Ich hör ganz doll zu, und sie redet gar nix.»

«Du meinst, du lernst nichts bei ihr?»

«Bloß ganz selten.»

«Na immerhin. Also was lernst du dann?»

«Daß sie schreckliche Angst hat.»
«Wie kommst du darauf? Wovor hat sie Angst?»
«Wenn sie uns Sachen beibringt, dann läßt sie Mister Gott niemals größer werden. Davor hat sie mächtig Angst.»
«Das ist doch Unsinn.»
«Ist Mister Gott groß?»
«Ja, ja, ja, gut und sehr groß.»
«Und sind wir klein?»
«Klar, wir sind klein.»
«Und das ist dann ein ganz großer Unterschied?»
«Sicher gibt's einen Unterschied zwischen groß und klein.»
«Und wenn's gar keinen Unterschied gäb, wär das Ganze doch überhaupt nichts wert ... oder?»
Das verwirrte mich. Ich denke, ich hab ein besonders blödes Gesicht gemacht, denn Anna erklärte sofort weiter: «Wenn Mister Gott und ich ganz genau gleich groß wären, dann würd dir doch gar nichts auffallen ... oder?»
«Ja», sagte ich, «ungefähr verstehe ich, was du meinst. Wenn der Unterschied riesengroß ist, dann sieht man am besten, wie groß Mister Gott ist.»
«Manchmal», sagte sie vorsichtig.
Ganz so einfach schien die Sache nicht zu sein. Aber sie brachte endlich die Erkenntnis: In dem Moment, da der Unterschied zwischen Gott und Mensch unendlich war, in dem Moment wäre Gott absolut.
«Na, und was hat das alles mit deiner Religionslehrerin zu tun? Die weiß doch Bescheid über solche Unterschiede?»
«Oh, ja, sicher.» Anna nickte eifrig.
«Na also, wo liegt dann das Problem?»
«Wenn ich mir so einen Unterschied ausdenke zwischen Mister Gott und mir, dann wird Mister Gott bei mir immer größer und größer.»
«So?»

«Ja, aber die Lehrerin denkt sich auch solche Sachen aus, aber bei ihr wird Mister Gott nie größer. Er bleibt immer genau gleich. Da ist gar nichts zu lernen.»
«Woran liegt das?»
«Sie hat Angst, das ist es eben.»
Beinahe hätte ich Annas weitere Erklärung gar nicht mehr gehört. Es war einer dieser Nebenbeisätze, die so häufig verlorengehen. Sie sagte: «Die Lehrerin macht nur die Menschen kleiner und sonst nichts.» Dann fragte sie: «Warum gehen wir zur Kirche, Fynn?»
«Damit wir Mister Gott besser verstehen.»
«Weniger.»
«Weniger was?»
«Damit wir Mister Gott weniger verstehen.»
«Heute bist du doch verrückt, Fratz. Hör auf jetzt.»
«Kein bißchen verrückt.»
»Doch.»
«Nein. Du gehst zur Kirche und machst Mister Gott dort ganz ganz groß. Wenn du ihn aber ganz ganz *ganz* groß hast, dann verstehst du ihn ganz *ganz* nicht ... und dann erst weißt du alles.»
Sie war erstaunt und enttäuscht, daß mir das zu hoch war und ich überhaupt nichts begriffen hatte. Trotzdem gab sie die Hoffnung nicht auf und erklärte weiter:
«Wenn du ein Kind bist, dann verstehst du alles. Mister Gott sitzt auf einem goldenen Thron; er hat einen langen weißen Bart und einen Schnurrbart, und eine Krone hat er auf dem Kopf. Und alle um ihn rum singen die ganze Zeit wie die Verrückten. Immerzu Hymnen und so Zeug. Kein Mensch kann das aushalten.
Und Mister Gott macht einfach alles, wenn man bloß nett genug darum bittet. Er kann Willy nebenan eine Warze auf die Nase machen zur Strafe, weil er Millie verhaut, wenn sie

nicht genug Geld abliefert. All so was macht er ganz fabelhaft, und darum ist er so wichtig, und man benützt ihn die ganze Zeit. Und 'n bißchen später, dann denkt man ganz was anderes, und Mister Gott ist immer schwieriger zu verstehen. Aber es geht noch gerade. Dann kommt einem plötzlich vor, als wenn er uns nicht mehr verstehen will. Jetzt hört er einfach nicht mehr zu. Er sieht es plötzlich nicht ein, daß man unbedingt ein neues Fahrrad braucht. Und dann kriegt man auch keins. Und dann versteht man ihn schon viel weniger. Und wenn man noch älter wird, so wie ich oder so wie du, Fynn, dann ist es schon wieder schwieriger. Und dabei wird er irgendwie kleiner. Und man versteht ihn nur noch so viel wie viele andere Sachen, die auch schwierig sind. Die ganze Zeit in deinem Leben bröckeln da Stücke von ihm ab. Und dann kommt der Punkt, da sagst du, du verstehst ihn überhaupt nicht mehr. Siehst du, und dann ist er wieder ganz ganz *ganz* groß. So groß wie er in Wirklichkeit ist. Und wumm, da lacht er dich aus, weil du so blöd warst.»

20

Teuflisches Rechnen

Anna interessierte sich für alles, und überall steckte sie ihre kleine sommersprossige Nase hinein. Ich kann mich nicht erinnern, daß sie je Angst gehabt hätte. Manchmal geriet sie gar in Situationen, die zu beschreiben ihr die Worte fehlten. Dann erfand sie welche, manchmal völlig neue. Manchmal benützte sie bekannte Worte und gab ihnen einen neuen Sinn. So wie an jenem Abend, als sie mir erzählte, daß das Licht «ausfranst». Wir gingen hinaus auf die dunkle Straße, bewaffnet mit Taschenlampe und Metermaß. Anna plazierte die Lampe auf einen Mülleimer und richtete den Strahl auf das Stück Mauer am Bahndamm. Das Glas der Taschenlampe maß etwa sechs Zentimeter im Durchmesser. Und als wir den Strahl an der Mauer nachmaßen, ergaben sich etwa siebzig Zentimeter. Wir trugen den Mülleimer weiter weg, und der Lichtfächer wurde breiter, diffuser. Er bekam tatsächlich «Fransen».

«Warum ist das so, Fynn? Kannst du es so machen, daß das Licht das nicht tut?»

Wir gingen ins Haus, und ich begann zu erklären. Wir redeten über Reflektoren, über Linsen. Anna hörte großäugig zu und sah sich an, was ich ihr aufzeichnete. Sie paßte genau auf. Bis jetzt hatte ja das Spiegelbuch sie auf sonderbare Art gelehrt, Tatsachen herauszufinden. Daß einige dieser «Erkenntnisse» nicht wirkliche Erkenntnisse, sondern Phantasiegespinste waren, machte dabei nichts. Seit heute, seit dem »ausgefransten» Licht, wußte Anna genau, was eine Tatsache

war und was nicht. Eine Tatsache war die harte äußere Schale einer Bedeutung. Tatsache und Bedeutung waren ineinandergreifende Zahnräder, die sich in entgegengesetzter Richtung drehten. Setzte man aber noch ein Rädchen namens Phantasie dazwischen, siehe da, Tatsache und Sinn drehten sich in der gleichen Richtung. Phantasie war ein wichtiges Bindeglied, und sie führte einen der Himmel weiß wohin.
Annas Gesetz hieß: zuerst alles von innen nach außen, dann kopfüber-kopfunter, dann von hinten nach vorn, von rechts nach links. Und zum Schluß besah man sich das Ergebnis, und siehe da, es war ....
«Fynn, weißt du daß ein ‹Neger› von hinten nach vorn gelesen ein ‹Regen› wird? Und ein ‹Schiff› wird ein ‹Fisch›, na, nicht ganz genau, aber ungefähr, nicht? Und, Fynn, Anna bleibt von vorn nach hinten und von hinten nach vorn immer dieselbe A-n-n-a, und ein Bub bleibt ein Bub, und tot bleibt tot. Ist das nicht komisch?»
Worte wurden lebendig. Anna nahm sie auseinander, setzte sie andersherum wieder zusammen. Ein Blumentopf war etwas anderes als eine Topfblume. Wie kam das nur?
Anna lernte, mit Worten umzugehen und sie neu zu gebrauchen. Sie malte – vielleicht waren es keine wunderbaren Bilder, aber sie malte mit großem Ernst und mit einer farbigen Brille auf der Nase. Sie lachte sich schief über das Ergebnis, als das Bild fertig war und sie die Brille abnahm.
«Fynn, kannst du meine rote Brille jetzt blau machen?» Und sie malte ein weiteres Ulkbild. Keines ihrer Gemälde zierte je eine Wand. Dazu wurden sie auch nicht gemacht. Sie bedeuteten nur Entdeckungsfahrten in die Welt der Farben. Und war es nicht vorschnell zu behaupten, eine rote Rose könne selber nichts sehen? Wer wagte denn, das zu behaupten? Vielleicht sah sie mit den Blütenblättern, oder aber sie schielte durch die Dornen? Das war jedenfalls durchaus vor-

stellbar. Und wie sah die Welt aus, wenn man sie als eine Rose betrachtete?
Eines meiner Hobbys waren «Rechenaufgaben». Und ich war gespannt, wie Anna mit Mathematik zurechtkäme. Es war Liebe auf den ersten Blick. Zahlen waren einfach wunderbar, wenn man ihnen logisch begegnete. Manchmal waren sie kompliziert. Hatte man aber die Grundregeln begriffen, waren sie keine Rätsel mehr.
Irgendwann erfuhr diese Liebe einen empfindlichen Knacks, und ich wußte für lange Zeit nicht, warum. Bis mich Charles aufklärte. Charles war Lehrer an der gleichen Schule wie Miss Haynes, und bei Miss Haynes hatte Anna Rechenunterricht. Ich entdeckte erst später, daß Anna die Schule nur zögernd und nicht allzu häufig besuchte. Während einer ihrer Unterrichtsstunden hatte Miss Haynes sich voll auf Anna konzentriert. Miss Haynes fragte:
«Anna, wenn du zwölf Blumen in einer Reihe pflanzt, und du pflanzt im ganzen zwölf Reihen, wie viele Blumen stehen dann auf dem Beet?»
Arme Miss Haynes! Hätte sie doch nur gefragt, wieviel ist zwölf mal zwölf. Nein, sie mußte ihre Fragen mit Blümchen und Gartenbeeten garnieren. Sie bekam eine Antwort, aber es war nicht die erwartete.
Anna zog die Nase hoch. Diese spezielle Art des Nasenrümpfens war das Zeichen größter Mißbilligung.
«Wenn», antwortete Anna, «wenn Sie die Blumen so in graden Reihen pflanzen, dann sollen Sie überhaupt keine blöden Blumen haben.»
Miss Haynes war aus ernstem Holz geschnitzt. Der Angriff ließ sie ungerührt. Sie versuchte es noch einmal:
«Du hast sieben Bonbons in der einen Hand und neun in der anderen. Wie viele Bonbons besitzt du im ganzen?»
»Gar keine», sagte Anna. «Ich hab gar keine Bonbons in der

Hand. Keine in der rechten und keine in der linken Hand. Und darum sollen Sie nicht sagen, ich hab Bonbons, wenn ich keine hab. Das ist eine Lüge, und lügen darf man nicht.»
Arme Miss Haynes. Sie gab nicht auf.
«Anna, Kind, ich meine doch bloß, du sollst dir das vorstellen. Nur einbilden, du hättest so viele Bonbons. Das kannst du doch?»
Anna bildete sich die Bonbons ein und fand sogleich die triumphierende Antwort: «Vierzehn!»
«Aber nein, Anna», sagte Miss Haynes geduldig, «du hast noch mehr. Du hast sechzehn. Sieh mal, sieben Bonbons und neun Bonbons sind sechzehn.»
«Das weiß ich doch», sagte Anna, «aber Sie haben gesagt, ich muß mir das vorstellen, und da hab ich mir vorgestellt, eins eß ich gleich, und eins schenk ich meiner Freundin. Dann bleiben vierzehn.»
Der nächste Satz sollte besänftigend wirken. Sie sagte:
«Aber das Bonbon war nicht gut, ich hab's gleich ausgespuckt.» Und es klang wie eine Selbstbestrafung.

Diese Art, mit Zahlen umzugehen, brachte Anna mehr durcheinander als irgend etwas sonst. Der letzte Schlag kam an einem Sommerabend auf der Straße. Dinky saß auf der Treppe vor der Haustür und machte Schulaufgaben. Dabei schwatzte er mit einem Freund. Dinky war vierzehn. Er konnte aus den unmöglichsten Winkeln Tore schießen und einen sechs Kilo schweren Pflasterstein über die Mauer werfen, die die Bahnschienen begrenzte; aber Mathematik war für ihn ein Buch mit sieben Siegeln.
«Blöder Trottel», sagte Dinky.
«Wer denn?» fragte der andere.
«Dieser Idiot nimmt ein Bad.»
«Is Freitag, nich?»

«Was hat'n das mit Freitag zu tun?»
«Badetag.»
«Quatsch.»
«Na schön, was macht dann der Idiot in der Wanne, wenn es nich Freitag is?»
«Der Blödmann dreht beide Hähne auf und macht unten den Stöpsel nicht zu.»
«Manche kapiern's nie und leben trotzdem.»
«Wir haben überhaupt keine Wasserhähne. Bei uns kommt die Wanne samstags in die Küche, und ich muß sie vollmachen . . . mit dem Eimer.»
«Und was willst du dann mit dem Idiot und seinen zwei Hähnen?»
«Ausrechnen, wie lange es dauert, bis die Wanne voll ist.»
«Der kriegt die nie voll. So nicht, wenn unten nicht zu ist.»
«Wirklich nie?»
«Da kann der sich die Beine in den Bauch stehen, und sie wird nicht voll.»
«So ein Angeber.»
«Dann lass'n doch alleine baden. Komm Fußball spielen. Ich bin Torwart.»
Anna hatte zugehört, und der Dialog bestätigte ihre schlimmsten Ängste. Derartigen Unsinn hatte der Teufel erfunden, und eine Welt von Dummköpfen mußte sich damit plagen.

Es war gerade Feierabend. Cliff, George und ich kamen über den Hof und gingen zum Fabriktor. Da stand Anna und wartete. Bis hierher kam sie sonst nie. Ich erschrak und rannte auf sie zu. Auch sie lief mir entgegen.
»Ist was passiert, Fratz?»
Sie warf ihre Arme um meinen Hals und rief: «Fynn, es ist so schön. Ich konnte nicht so lange warten, bist du zu Hause bist.»

Sie fischte in ihrer Tasche herum und förderte einen zerknitterten Zettel zutage. Er war mit Zahlen bedeckt.

1	2	3	4	5	6	7
8	9	10	11	12	13	14
15	16	17	18	19	20	21
22	23	24	25	26	27	28
29	30	31	32	33	34	35
36	37	38	39	40	41	42

Ein einfaches Arrangement, sollte man meinen. Und was sollten die Quadrate? Anna sah mich erwartungsvoll an. Aber ich begriff nicht, was sie wollte, und wunderte mich.
«Ich zeig's dir, warte, Fynn, schau mal», sprudelte sie aufgeregt. Wir knieten auf dem Pflaster. Nach Hause eilende Arbeiter aus der Fabrik machten einen Bogen um uns und lächelten uns zu.
»Sieh mal, wenn du in den Quadraten quer die Zahlen zusammenrechnest, also zwei plus zehn plus achtzehn, ist das dasselbe wie von der anderen Seite her. Wie nennt man das? Diagonal? Also zwei plus zehn plus achtzehn ist dasselbe wie vier plus zehn plus sechzehn. Oder da unten vierundzwanzig plus zweiunddreißig plus vierzig ist dasselbe wie sechsundzwanzig plus zweiunddreißig plus achtunddreißig. Und du kannst so viele Quadrate machen, wie du willst, immer kommt diagonal dasselbe raus.»
Ich sah, wie eifrig sie nachgerechnet hatte, ob ihr Experiment auch hieb- und stichfest war. Eine Diagonale war das Spiegelbild der anderen. Am Abend dachten wir uns noch mehr solche Spiele aus. Je komplizierter sie wurden, desto vergnügter war Anna. Der gute alte Mister Gott war doch ein

zuverlässiger Spielpartner. Seine Ergebnisse stimmten immer, außer man hatte sich selber versehentlich verrechnet. Und dann dachte man an all den Quatsch von Leuten, die ihre Badewannen füllten und von anderen Leuten wissen wollten, wie lange das dauert. So was hatte zweifellos der Teufel erfunden. Anna weigerte sich strikt, auch nur eine einzige solche Teufelsaufgabe zu lösen. Sie war nicht vom Sinn der Sache zu überzeugen. Ich versuchte, ihr zu erklären, daß andere Leute dieses Teufelszeug für einfacher hielten und das Rechnen auf diese Weise schneller begriffen. Aber es nützte nichts. Die Zahlen selber sagten einem doch, was man mit ihnen machen konnte und was nicht. War es denn ernst zu nehmen, wennn dort stand «Zwei Männer graben in zwei Stunden ein Loch» – und dann durfte man nicht die einzig vernünftige Frage stellen, wozu die wohl das Loch graben. Nein, man hatte sich vorzustellen, es kämen noch fünf weitere Männer, die das ganz genau gleiche Loch noch einmal graben. Frage: Wie lange brauchen die dazu? Und nicht: Wozu braucht man zwei Löcher?

«Der Idiot im Bad! Fynn, du willst mir nicht einreden, du wüßtest, weshalb ein erwachsener Mensch zwei Wasserhähne laufen läßt und unten den Abfluß nicht zumacht?» Jedenfalls war in der Aufgabe davon nicht die Rede. Und Miss Haynes pflanzt Blumen in Reihen, um sie hinterher zu zählen. Was für ein Schwachsinn!

21

Schattenbilder

Für die langen Winterabende besaßen wir einen Bildprojektor – für Anna war das eine Wunderlaterne, mit der man Märchen an die Wand werfen konnte. Es gab dafür auch eine ganze Menge komischer Bilder, die nicht komisch waren, und solche mit «erzieherischem Wert», die keinen solchen Wert hatten. Es sei denn, man interessierte sich für die Anzahl von Fenstern im Kristallpalast, oder man wollte unbedingt feststellen, aus wieviel Steinblöcken die große Pyramide zusammengesetzt ist. Damals wußte ich natürlich nicht, daß die Wunderlaterne noch komischer und gleichzeitig auch erzieherisch war, wenn man überhaupt keine Bilder hineintat. Sehr ulkig war zum Beispiel, wenn man eine Hand in den Lichtstrahl hielt und den Schatten auf der Leinwand betrachtete, nicht eigentlich auf der Leinwand, sondern auf einem aufgespannten Bettlaken. Es war erzieherisch insofern, als die Sache mehrere außerordentliche Einfälle hervorbrachte.
Auf Annas Bitte: «Machst du heute den Apparat an?» lautete meine Frage natürlich: «Und was willst du sehn?» Aber sie meinte nur:
«Nix. Der Zauberkasten soll nur an sein.»
Ich war bekümmert, denn sie saß einfach da und starrte lange Zeit unbeweglich auf das beleuchtete Bettuch. Sollte ich diese merkwürdige Trance unterbrechen oder abwarten, was daraus werden würde?
Sie schaute sich eine ganze Woche lang dieses leuchtend langweilige Programm an, und ich wurde immer ungeduldiger.

Schließlich sagte sie: «Fynn, halt mal die Streichholzschachtel in das Licht.»
Auf der Leinwand erschienen die Schatten meiner Hand und der Schachtel.
Nach langer und sorgfältiger Betrachtung verlangte sie: «Und jetzt ein Buch.»
Von einem Dutzend verschiedener Dinge besah sie sich die Schattenrisse und schwieg beharrlich. Erklärungen gab es heute nicht. So ganz nebenbei fragte ich:
«Na, Fratz, auf was brütest du denn?»
Sie wandte mir ihr Gesicht zu, aber die Augen waren weit weg.
«Das ist doch komisch», murmelte sie vor sich hin. «Wirklich komisch.»
Ich sah sie an und machte mir Sorgen. Irgendwas stimmte nicht. Plötzlich kamen ihre Gedanken zurück, und sie begann zu kichern. Ich hatte jenes ärgerliche Gefühl, das einen nach der Lektüre eines Krimis packt, wenn man am Schluß feststellt, jemand hat die letzte Seite herausgerissen.
Bei der fünften oder sechsten Sitzung bat sie um ein Stück Papier, das ich auf dem Bettlaken festheften mußte. Heute wollte Anna das Schattenbild unseres alten Milchtopfs sehen. Dann bat sie mich, den Umriß mit Bleistift auf dem Bogen nachzuziehen. Da stand ich – in der einen Hand den Topf, in der anderen den Stift. Der Abstand war zu groß. Es ging nicht. Ich war noch einen halben Meter vom Bettuch entfernt. Aber Anna ließ nicht locker. Bei ihr durfte man nicht aufgeben. Sie meinte trocken: «Dann stell doch irgendwas unter den Topf.»
Wir schleppten ein Tischchen herbei, einen Haufen Bücher als weitere Unterlage, und dann konnte ich den Milchtopfschattenriß auftragsgemäß zu Papier bringen.
«Und jetzt sollst du das ausschneiden», kommandierte sie.

Meine beachtlichen Talente wurden durch solche untergeordneten Beschäftigungen erheblich mißachtet.
«Mach das selber», sagte ich.
«Bitte, du», sagte sie, «bitte, Fynn.»
Mit angemessenem Widerstreben schnitt ich den Milchtopf aus und gab ihn ihr. Sie starrte schweigend darauf und nickte. Dann legte sie den papierenen Topf zwischen die Seiten des dicken Lexikons.
Am nächsten Abend verlangte sie drei weitere Schattenbilder und ließ mich so klug wie zuvor. Ich ahnte zu der Zeit nicht, daß Anna ihr Problem bereits gelöst hatte. Mir gab sie indessen nicht die leiseste Andeutung. Sie ordnete ihre Ideen und Einfälle allein. Es vergingen drei Tage, bis sie wieder die Wunderlampe sehen wollte. Es waren drei Tage, in denen ich nur ihr rätselhaftes Lächeln sah. Sie grinste wie eine zu klein geratene Mona Lisa. Schließlich war sie so weit.
«Jetzt», sagte sie, «bitte jetzt.»
Sie nahm die vier ausgeschnittenen Figuren aus dem Lexikon und legte sie auf den Tisch.
«Fynn, halt das mal für mich.»
Ich hielt den Papiermilchtopf in den Lichtstrahl. Es erschien ein neuer Schattentopf. Wozu brauchte sie den Schatten eines Schattens?
«Nein, nicht so, Fynn, der Strahl soll nicht auf den Topf fallen, sondern auf die Seite, auf die dünne Seite.»
Ich drehte das Blatt um neunzig Grad.
«Was siehst du, Fynn?»
Ich sah Anna an. Sie kniff die Augen fest zu und schaute nicht hin.
«Ich seh einen Strich auf dem Tuch.»
«Und jetzt das nächste. Was siehst du jetzt?»
«Auch einen Strich.»
Auch das dritte und vierte Bild ergab nur einen dünnen

Schattenstrich. Schon wieder ein Einfall. Anna hatte herausgefunden, daß alle Dinge einen Schatten besaßen – seien es nun Berge, eine Maus, Blumen oder gar der König persönlich. Hielt man aber die Schatten selber ins Licht, so machten die Schatten einen Schattenstrich. Aber auch das war noch nicht alles.

Sie öffnete die Augen und sah mich streng an.

«Fynn, kannst du einen Strich der Länge nach vor das Licht halten? Ich meine, kannst du dir vorstellen, wie das ist? Was siehst du dann auf der Leinwand?»

«Einen Punkt», antwortete ich.

«Ja.» Ihr Lächeln war heller als der Strahl der Wunderlampe. «Aber ich weiß noch immer nicht, was das Ganze soll.»

Das hübscheste Kompliment, das Anna mir je machte, war jetzt ihr Stillschweigen. Es bedeutete so viel wie – du bist ein intelligenter Mensch, du wirst schon selber drauf kommen. Ich kam drauf. Meistens kleidete ich mein Denkergebnis in die Frage: «Meinst du vielleicht, daß . . .?»

Was sie diesmal sagen wollte, war etwa folgendes: Wenn man mit einer Zahl, sagen wir der Sieben, etwas zählen konnte, und zwar so verschiedene Dinge wie Markstücke, Babies, Bücher, dann mußten diese verschiedenen Dinge etwas miteinander gemein haben. Etwas, das einem normalerweise nicht auffiel. Was konnte das sein?

Dinge besaßen einen Schatten, und er war ein untrügliches Zeichen für die Existenz der Dinge. Ein Schatten ließ eine Menge Dinge weg, die man nicht zählen konnte – zum Beispiel, daß etwas rot war oder süß. Der Schatten bewahrte nur die Form. Aber auch das war noch immer zuviel. Ein Schatten ersparte einem überflüssige Informationen. Und darum mußte der Schatten eines Schattens die Dinge noch mehr vereinfachen. Aus den Schatten von Schatten wurden Linien, aber die Linien waren verschieden lang, also brauchte man den

Schatten eines Schattens eines Schattens, und der war ein Punkt. Ein Punkt, auf den sich alles reduzieren ließ. Der springende Punkt, der zählte. Anna tippte einen schwarzen Punkt auf ein Blatt Papier.

«Ist das nicht fabelhaft, Fynn?» sagte sie und deutete auf den Punkt. «Das kann nun der Schatten von einem Schatten von einem Schatten von mir sein oder von einem Autobus oder von irgendwas ... oder vielleicht bist du das, Fynn?»

Ich sah an mir herunter, sah den Punkt und erkannte mich nicht wieder. Und doch wußte ich, was sie meinte. Ein Punkt war das kleinste, das sich nicht weiter vereinfachen ließ. Und wie war der Weg andersrum? Ein Punkt ließ sich vergrößern, er wurde zur Linie, zur Form. Er quoll auf zu einem ganzen Universum, bis dorthin, wo er nicht mehr größer werden konnte. Dort war die absolute Größe, und sie hieß Mister Gott. Zwischen ihm und einem Punkt bewegte sich alles übrige.

Am nächsten Tag fütterten wir Enten im Park und ich fragte:

«Wie ist dir das eingefallen, das mit den Schatten?»

«In der Bibel gefunden.»

«Wirklich? Wo denn?»

«Mister Gott hat gesagt, die Juden sollen in seinem Schatten sicher sein.»

«Oh!»

«Und dann noch Petrus.»

«Was hat der gemacht?»

«Er hat Leute gesund gemacht. Er hat seinen Schatten auf Kranke geworfen, da waren sie wieder in Ordnung.»

«Klar, daran hätte ich selber denken können.»

«Und dann ist da noch der andere, der mit dem Schwanz und den Hörnern.»

«Was hat der damit zu tun?»

«Wie heißt er mal noch?»

«Satan?»
«Nein.»
«Teufel?»
«Nein, noch anders.»
Schließlich fiel mir Luzifer ein.
«Ja, was bedeutet das Wort? Weißt du das noch? Du hast das mal für mich aufgeschrieben.»
«Es kommt von Lux, das Licht.»
«Und was ist mit Jesus?»
«Was ist mit dem?»
«Was hat der gesagt?»
«'ne ganze Menge Sachen, glaub ich.»
«Ich meine, wie nannte er sich?»
«Den guten Hirten?»
«Was anderes.»
«Ich bin der Weg?»
«Noch anders.»
«Ich bin das Licht?»
«Ja, siehste. Luzifer und Jesus, beide sind das Licht. Jesus hat aber gesagt ‹ICH bin das Licht›.»
«Warum hat er das so gesagt?»
«Damit wir das nicht durcheinanderkriegen, die zwei Sorten Licht. Eins ist ein gelogenes, also ich meine ein falsches Licht, und eins ist das richtige Licht. Und die zwei Sorten heißen Luzifer und Mister Gott.»

22

Albert Einstein hat sich verrechnet

Annas letzte Enthüllung über Schatten erfuhr ich an einem nassen und windigen Winterabend. Es war ein Abend, mit dem ich heute nach dreißig Jahren noch immer nicht zu Rande gekommen bin.

Ich saß bequem am Kamin und las. Anna spielte herum mit Papier und Bleistift.

«Was liest du, Fynn?»

«Alles mögliche, über Raum und Zeit und solches Zeug. Ist nix für dich.»

«Wovon handelt es denn?»

«Menge Sachen über Raum und Zeit und über ...» Hier machte ich einen Fehler: «... und über Licht.»

Sie hörte auf zu malen. «Oh, was steht da über Licht?»

Mich kribbelte es irgendwo. Licht und Schatten waren ja derzeit Annas Lieblingsthemen. Ich hätte nichts sagen sollen. Jetzt war es passiert.

«Na schön. Also da gab's mal wen, der hieß Albert Einstein, und der hat ausgerechnet, daß es nichts gibt, was schneller als das Licht ist.»

«Oh», sagte sie noch einmal und malte weiter. Plötzlich drehte sie sich zu mir. «Das ist falsch.»

«So? Das ist falsch? Warum hast du mich dann das Buch erst lesen lassen?» Aber der Scherz ging daneben.

«Ich wußte doch nicht, was du gerade liest», antwortete sie.

«Na gut, dann erzähl mir, was schneller als Licht ist.»

«Schatten!»

«Geht nicht», sagte ich. «Licht und Schatten sind ganz genau gleich schnell.»
«Warum?»
«Weil das Licht den Schatten macht.» Schon geriet ich ein wenig in Verwirrung. «Schau mal, Schatten ist da, wo kein Licht ist. Und darum kann ein Schatten nicht eher irgendwo ankommen als das Licht.»
Fünf Minuten war sie still und verdaute diese Behauptung. Ich las weiter.
«Schatten sind doch schneller. Ich kann das beweisen.»
«Fratz, das muß ich gesehen haben. Also fang an.»
Sie hüpfte vom Sessel, zog ihren Mantel an und griff nach der Taschenlampe.
«Wohin jetzt?»
«Runter zum Friedhof.»
«Es gießt, und es ist stockfinster.»
Sie wedelte mir mit der Taschenlampe vor dem Gesicht herum.
«Ich kann dir doch keinen Schatten zeigen, wenn's hell ist ... oder?»
Draußen war es dunkel wie in einem Mauseloch. Der Regen strömte nur so herunter.
«Warum zum Friedhof?»
«Wegen der langen Mauer.»
Der Weg zum Friedhof war eine Art Sackgasse. Auf der einen Seite begrenzte ihn der Bahndamm, auf der anderen die Mauer. Er war nur wenig beleuchtet. Und ich hoffte, daß dort nur wenige Leute spazierengingen bei diesem Wetter. In der Mitte der Straße hielten wir an.
«Was jetzt?»
«Ich geh da weiter rauf», erklärte Anna, «und dann beleuchte ich dich mit der Lampe. Du paß auf deinen Schatten an der Mauer auf.»

Damit trottete sie davon ins Dunkel. Plötzlich leuchtete die Lampe auf; der Strahl blinkte suchend durch die Nacht, bis er mich gefunden hatte.

«Fertig?» rief Anna aus dem Finstern.

«Ja», schrie ich zurück.

«Siehst du deinen Schatten?»

«Nein.»

«Dann komm ich näher. Sag Bescheid, wenn du was siehst.»

Der Strahl wurde heller.

«Jetzt! Halt!» rief ich, als ich einen dünnen Schatten am fernen Ende der Mauer erkennen konnte.

«Jetzt paß auf ihn auf», rief sie.

Anna kam langsam näher. Sie ging an der Friedhofsmauer entlang, etwa einen halben Meter weiter von der Mauer entfernt als ich. Ich starrte ins Schwarze und paßte auf meinen Schatten auf. Er kam eilig näher, wurde sichtbarer, kam schneller, jedenfalls viel schneller, als Anna näher kam. Plötzlich wurde er langsam, ging an mir an der Mauer vorbei und eilte plötzlich davon. In diesem Moment stand Anna neben mir.

«Gesehn?» fragte sie.

«Hm. Ja, gesehen.»

«Schnell, was?»

»Sehr schnell. Wie hast du das rausgekriegt?»

«Autos. Die Autoscheinwerfer machen das so.»

«Fratz, hör zu. Du hast das prima herausgefunden. Mein Schatten rennt viel schneller als du, aber er ist nicht schneller als das Licht, verstehst du?»

Keine Antwort. Ich sah sie an. Anna war meilenweit entfernt. Sie hatte nicht zugehört. Sie dachte nach, wie es weitergehen würde.

Ich nahm ihre Hand und sagte: «Komm, Fratz, gehn wir zu Ma B für einen heißen Tee und was zu essen. Es ist so ein Sauwetter.»

Auf dem Weg trafen wir Sally.
«Bist du verrückt?» sagte Sally. «Was machst du mit der Kleinen bei solchem Wetter hier draußen?»
«Ich mache nix mit ihr», sagte ich, «sie macht mit mir. Komm mit zu Ma B. Wir wollen heißen Tee trinken.»
«Prima, das paßt mir gut, wenn du mich einlädst. Ich bin nämlich pleite.»
Ich hatte bereits eine ganze Schweinefleischpastete aufgegessen, als Anna mit ihren Überlegungen zu Ende gekommen war.
«Die Sonne ist genau so wie ein Autoscheinwerfer!» Nach ein paar weiteren Minuten stach sie mit der noch immer unbenützten Gabel in meine Richtung. «Und du, du bist die Erde, ich meine als Beispiel. Und die Mauer, die ist Squillionen und Squillionen von Kilometern weit weg. Natürlich nicht eine wirkliche Mauer.» Sie wandte sich zur Seite und sah erst jetzt, daß Sally an unserem Tisch saß.
«Hallo, Sally!» Anna lächelte.
«Hallo, Fratz», sagte Sally. «Was Neues?»
Anna hielt ihre Augen fest auf mich gerichtet. «Und die Sonne scheint auf die Erde, und dann wirft die Erde einen Schatten auf die Mauer, ich meine auf die Mauer, die nicht wirklich da ist, sondern die du dir nur vorstellen sollst.»
Ich zweifelte ein wenig. «Ganz sicher bin ich da nicht, Fratz!»
Sie lächelte. «Aber du kannst dir das in deinem Kopf doch vorstellen, daß das so sein könnte. Und wenn dann die Erde um die Sonne rumläuft und der Schatten von der Erde läuft immer mit auf der Mauer, die ...»
«... die Squillionen von Kilometern weit weg ist?»
«Wie schnell geht dann der Schatten auf dieser Mauer?»
Sie spießte ein Stück Pizza auf die Gabel und wirbelte mit der Gabel durch die Luft um ihren Kopf herum – als Demonstration. Die Erde war das Stück Pizza, Annas Kopf die

Sonne. Dann legte sie den Kopf auf die eine Schulter und sah mich erwartungsvoll an.
Aber ich antwortete nicht. Ich sagte nicht, das Licht braucht soundso viele Sekunden für eine Million Kilometer. Ich wußte, daß es keine größere Geschwindigkeit als die Lichtgeschwindigkeit gab. Auch Schatten waren da nicht schneller. Herr Einstein hatte das ganz sicher richtig ausgerechnet. Ich bedachte ganz etwas anderes. Vielleicht hatte ich Anna nicht die rechte Art beigebracht, Erkenntnisse zu sammeln. Sicher hatte ich sie viele Dinge gelehrt, komische, interessante, wunderbare. Aber was war da falsch? Ich war ja selbst nicht sicher, welcher Weg der richtige war. Und so hatte Anna beschlossen, alle ihre Erkenntnisse allein zusammenzubasteln, von denen sie nicht mehr abzubringen war. Und wären sie noch so abstrus. Für mich war das Problem nicht einfach. Hatte ich mit Anna vielleicht alles falsch gemacht?

23

Wie sieht Mister Gott aus?

Das am meisten gebrauchte Wort in den Gesprächen zwischen Anna und mir war zweifellos «Mister Gott». Hätte sie nicht dauernd neue Einfälle gehabt, wäre die ganze Rederei über ihn allmählich doch langweilig geworden. Aber Mister Gott war für sie jeden Tag neu und jeden Tag von einer anderen Seite zu sehen.

Die zweitwichtigsten Worte waren die «Wee-Wörter». Wee-Wörter beginnen mit «w», und diese sind, soweit das Anna betrifft, Fragewörter. «Was», «wie», «welches», «weshalb», «wieso» und vor allem «warum». Und dann gab's «Dee-Wörter», und Anna bestimmte sie zu Antwort-Wörtern. Meistens begannen sie mit «d» und bildeten mit den Wee-Wörtern ein Paar. «Warum-darum», «weshalb-deshalb», «was-das». Leider paßte diese Regel nicht immer. Vielleicht gab es das doch: «Wieso-dieso»? Dieso. Warum eigentlich nicht? Überhaupt beschloß Anna, die gesamte Sprache aufzuteilen in eine Fragehälfte und eine Antworthälfte. Die Fragehälfte war die wichtige. Denn hatte man sie nicht, entfiel die andere Hälfte sowieso. Fragen waren aufregend und manchmal riskant. Und man wußte nie genau, wohin sie einen führten.

Das aber war das Problem, wenn es etwa um Schule und Kirche ging. Solche Institutionen betrachteten offenbar die Antworthälfte als die wichtigere. Es war in höchstem Maß ärgerlich, welche vorfabrizierten und unbedenklich immer weiter benützten Antworten man dort vorgesetzt bekam, selbst wenn sie sich schon seit langem als falsch erwiesen hatten.

Wichtig war eben doch nur, was man mit einer Frage bezweckte und was man mit ihr erreichen wollte. Es gab so viele sinnlose Fragen, man konnte in der Schule Jahre damit füllen, und die Antworten brachten einen nirgendwohin.

Anna war sicher, daß es einen Himmel gab mit Engeln und all dem. Und sie wußte mehr oder weniger, wie es dort aussah; oder sagen wir besser, sie wußte eher, wie es dort nicht aussah. Vor allem sahen die Engel sicherlich nicht so aus wie auf den bunten Bildchen, die es von ihnen gab. Was Anna am meisten störte, waren nicht die lustigen Flügel, die diese Wesen trugen, sondern die Tatsache, daß sie den Menschen glichen. Und die Möglichkeit, daß Engel ihr Engelleben mit Trompeteblasen und Singen verbrachten, erfüllte sie mit tiefer Bestürzung und großem Zweifel. Würde man am Tag der Auferstehung noch immer die gleichen zwei Beine, die gleichen Ohren, Augen, Finger, Arme haben? Auch das erschien ihr als abstruses Hirngespinst. Warum nur zerbrachen sich die Leute den Kopf über den Himmel und rätselten darüber, wo er sich befinde. Die ganze Frage gehörte zu jenen Unsinnigkeiten, die zu nichts führten, und deshalb nicht gestellt werden mußte.

Schon die Art, wie Miss Haynes und Pfarrer Castle die Worte «sehen» und «wissen» gebrauchten, war irritierend. Castle schwatzte dauernd davon, daß wir Gott, den Herrn, von Angesicht zu Angesicht sehen. Bei der letzten Sonntagspredigt war er wieder mit dieser Lieblingsidee beschäftigt und ahnte nicht, wie nahe er an einer mittleren Katastrophe vorübersegelte. Anna ergriff meine Hand, schüttelte energisch den Kopf und versuchte, ihren Ärger hinunterzuschlucken. Am liebsten hätte sie den armen Priester gevierteilt. Sie flüsterte mit einem Bühnenflüstern, das in der gewölbten Kirche ein vielfaches Echo produzierte:

«Und was macht er, wenn sich rausstellt, Mister Gott hat überhaupt kein Gesicht? Nicht mal Augen? Dann sieht der da ihn überhaupt nicht ‹von Angesicht zu Angesicht›!» Sie äffte den armen Kanzelredner nach, und jeder in der Kirche hörte es. Castle schwieg einen Moment und fuhr dann mit seiner Predigt fort.

«Fynn, was macht er dann?»

«Komm näher», sagte ich. «Nicht so laut.»

Ihre Lippen krabbelten an meinem Ohr herum, und sie zischte mir zu: «Mister Gott hat kein Gesicht.»

Ich zog die Augenbrauen in die Höhe und das hieß: «Erklär mal.»

Sie flüsterte: «Er sieht uns alle auf der Erde, jeden einzelnen, und er muß sich dafür nicht mal rumdrehen oder schielen oder so was. So ist das.» Sie legte ihre Arme über der Brust zusammen, nickte befriedigt und schaute angriffslustig zur Kanzel.

Auf dem Heimweg erklärte sie: «Sieh mal Fynn, das ist doch einfach. Ich hab ein ‹vorne› und ein ‹hinten›. Und wenn ich hinten was sehen will, muß ich mich umdrehen, weil ich hinten keine Augen hab. Aber Mister Gott hat nur ein ‹vorn› und kein ‹hinten›. Er schaut überall hin, gleichzeitig.»

«Oh», sagte ich, «völlig klar.»

Die Idee, daß Gott kein hinten besaß, amüsierte mich. Ich versuchte, ein albernes Gekicher zu unterdrücken. Aber es ging nicht. Ich platzte los.

Anna war verwundert. «Warum lachst du denn so?»

«Na, bloß die Idee, Mister Gott hat kein hinten. Vielleicht hat er dann auch keinen Hintern?» Ich gackerte schon wieder wie das dümmste Huhn im Stall. Für eine Sekunde verengten sich ihre Augen ein wenig, dann grinste sie fröhlich: «Hat er auch nicht!» Ihr Gelächter lief ihr auf dem Weg voran. «Mister Gott hat keinen Popo», sang sie lauthals durch die

Straße. Das Stirnrunzeln der Passanten verwandelte sich in Blicke des Entsetzens. «Ekelhaft, dieses Kind», sagte ein Sonntagsanzug. «Was für ein Ferkel», quietschten ein paar blanke Stiefel. Und die Taschenuhr eines dicken Mannes meinte: «Ein Teufelsbraten.» Anna hüpfte weiter und lachte zusammen mit Mister Gott, der ihr Freund war. Sie war nicht böse und nicht dumm, sie war nur sicher, daß ihr Freund sie verstand.

24

Betrachtungen über den Tod

Anna und meine Mutter waren das, was man ein Herz und eine Seele nennt. Sie führten ernste Unterhaltungen miteinander, denn auch Mutter hatte diese Gabe, Fragen zu stellen, die einen weiterbrachten.

Eines Sonntagvormittags fragte sie: «Was ist wohl das größte, was Gott gemacht hat?»

Ich überlegte und sagte: «Das größte ist die Erschaffung des Menschen.»

Sie schüttelte den Kopf und war nicht einverstanden. Ich rätselte herum – vielleicht die Tiere, oder Blumen? Ich fragte mich durch die sechstägige Schöpfungsgeschichte hindurch, erntete aber nichts als weiteres Kopfschütteln. Mehr fiel mir nicht ein. Aber ich sah die Blicke, die meine Mutter mit Anna tauschte. Mutter hatte ihr Weihnachtsbaumlächeln aufgesetzt. Sie zwinkerte Anna strahlend zu. Anna sah sie an und stützte das Kinn in die Hände. Da saßen die zwei, und zwischen ihnen herrschte absolutes Einverständnis. Plötzlich legte Anna ihre Hände vor sich auf den Tisch und stand auf. Auf ihrem Gesicht malte sich Freude und Erstaunen über sich selbst. Sie holte tief Luft und sagte:

«Das größte ist ‹der siebte Tag›.»

Ich schaute von einer zur andern, hustete und wollte die Aufmerksamkeit auf mich lenken.

«Das kapier ich nicht», sagte ich. «Da hat er nun alle seine Wunder in sechs Tagen fertiggekriegt. Und dann ruht er sich aus am siebten Tag. Was ist da so Besonderes dran?»

Anna hopste vom Stuhl und setzte sich auf meinen Schoß. Das war ihre Art, wenn es galt, dem unwissenden kleinen Jungen etwas beizubringen.
«Warum hat er sich denn am siebten Tag ausgeruht?» fragte sie.
«Na, das Ganze war doch 'ne hübsche Menge Arbeit. Da braucht man dann mal 'ne Pause.»
«Er hat sich aber nicht ausgeruht, weil er müde war.»
«Nanu? Ich bin schon müde, wenn ich bloß dran denke, was er alles gearbeitet hat.»
«Er nicht. Er war nicht müde.»
«Bestimmt nicht?»
«Am siebten Tag hat er die Ruhe gemacht, geschaffen, meine ich.»
«Wirklich?»
«Ja, und das ist das wirkliche Wunder. Er hat sich die Ruhe ausgedacht und sie dann gemacht. Wie, glaubst du, war das alles, bevor er am ersten Tag angefangen hat mit der Arbeit?»
«Ein ziemlich schauerliches Durcheinander, nehme ich an.»
«Ja, und du kannst dich doch nirgendwo ausruhen, wenn alles so'n Riesendurcheinander ist . . . oder?»
«Wahrscheinlich nicht. Und dann?»
«Siehst du, als er dann angefangen hat, alle Sachen zu machen, da war es schon gleich ein bißchen weniger unordentlich.»
«Da ist was dran.» Ich nickte zustimmend.
«Und als er mit allem fertig war, hatte er die ganze Unordnung in Ordnung gebracht. Und jetzt konnte er sich die Ruhe ausdenken. Und darum ist die Ruhe das allerallergrößte Wunder. Kannst du das verstehen?»
Wenn man die Sache so betrachtete, gefiel sie mir sehr. Trotzdem fühlte ich mich wieder einmal wie der Dümmste in der Klasse und wollte etwas dagegen tun.

Ich sagte: «Ich weiß aber, was er mit all dem früheren Durcheinander gemacht hat.»
«Was denn?»
«Er hat alles in die Köpfe von den Menschen reingestopft.»
Es war eine geplante Provokation, aber niemand schimpfte. Statt dessen nickten die beiden erfreut, daß ich so flink begriffen hatte. Darum machte auch ich rasch ein zustimmendes Gesicht und akzeptierte das Kopfnicken, als sei ich völlig einer Meinung mit ihnen. Wie aber konnte ich jetzt die wahrscheinlich dumme Frage stellen, warum Mister Gott das getan hatte. Schließlich wollte ich mich nicht blamieren.
«Ganz komisch eigentlich, dieser Müll im Kopf», sagte ich vorsichtig.
»Überhaupt nicht. Du mußt sogar zuerst soviel Müll in deinem Kopf haben, bevor du wirklich weißt, was Ausruhen heißt.»
«Klar. Natürlich. Das muß der Grund sein.»
«Tot sein ist Ausruhen. Da kannst du zurückschauen und alles in Ordnung bringen, bevor du weitergehst.»

Tot sein war nichts, über das man viel Aufhebens machte. Sterben konnte vielleicht ein Problem sein, aber nicht, wenn man wirklich gelebt hatte. Sterben erforderte ein bißchen Vorbereitung, und die einzige Vorbereitung auf das Sterben war, wirklich zu leben.
So wie Oma Harding sich vorbereitet hatte, ein Leben lang. Anna und ich saßen neben ihr und hielten ihre Hand, als sie starb. Sie freute sich auf den Tod, nicht weil das Leben sie schlecht behandelt hatte, sondern weil sie glücklich gelebt hatte. Sie freute sich nicht auf den Tod, weil sie zuviel Arbeit gehabt hatte, sondern sie wollte ihr Leben ordnen und alle ihre Jahre noch einmal überblicken. «Es kehrt sich das Innere nach außen», hatte sie gesagt. Und während sie uns von

einem Ausflug an einem schönen Sommermorgen erzählte, starb sie. Glücklich, weil sie glücklich gelebt hatte. Oma Harding kam aus diesem Anlaß zum zweiten Mal in ihrem dreiundneunzigjährigen Leben in eine Kirche.

Das geschah drei Wochen, bevor wir zu einem anderen Begräbnis gingen.

Zwei Dutzend oder mehr von uns kamen mit zu Skippers Beerdigung, sechs von den Älteren und ungefähr zwanzig Kinder aller Größen. Die wird kein Methusalem, hatten die Leute gesagt, und es stimmte auch. Skipper hatte lauter Unsinn im Kopf und war immer zum Lachen aufgelegt. Sie hätte noch viel, viel mehr gelacht, wenn der Husten nicht gewesen wäre. Sie hustete zuviel in letzter Zeit. Sie war noch nicht ganz fünfzehn, als sie starb. Blond und blauäugig, mit einer Haut wie durchsichtiges Seidenpapier. Es war noch gar nicht lange her, daß wir alle zusammen über das Sterben geredet hatten.

Bunty hatte damit angefangen. «Wie geht man tot?»

Jemand anderer sagte: «Das ist leicht. Man hört einfach auf.»

Und Skipper hatte gerufen: «Klar ist das einfach, toteinfach.»

Und wir alle hatten irgendwas Unverständliches geknurrt.

Das Begräbnis war eine feierliche Angelegenheit. Viel zu feierlich für jemanden wie Skipper. Pfarrer Castle tönte durch die Kirche von der Unschuld der Jugend, und jemand unterdrückte verzweifelt aufkommendes Gelächter. Castle hob die Augen gegen die Kirchendecke und verkündete, Skipper befände sich jetzt im Himmel. Amen.

Alle Gesichter sahen interessiert in die Höhe, und die Münder standen offen. Nur Dora blickte angestrengt auf den Boden, bis jemand sie in die Rippen knuffte und laut flüsterte: «Nach oben, du Idiot, glotz mal nach oben.»

Dora hob erschrocken den Kopf, stolperte und fiel mit hörbarem Knall auf die harten Steinfliesen. «Ich hab doch mein Kaugummi verloren», heulte sie.

Aber Pfarrer Castle focht das nicht an. Er fuhr fort, ein wundervolles Bild von Skipper zu malen, und keiner von uns kannte sie wieder. Das war nicht unsere Skipper, die er beschrieb. Und es war ein Segen, daß die Toten nicht widersprechen. Ich konnte mir lebhaft vorstellen, was Skipper gesagt hätte. «Himmel, was quatscht der da bloß für ein Blech zusammen, der alte Trottel.» Etwa in diesem Sinn. Glücklicherweise merkte Castle nichts und beendete seinen weihevollen Unsinn. Wir gingen alle mit zum Friedhof und warfen Erde in Skippers Grab. Dann drängelten wir uns zum Ausgang, vorbei an einem großen Marmorengel, der einen marmornen Blumenstrauß auf ein marmornes Grab legt. Beim Tor warteten wir auf Buzz, der ein wenig länger am Grab geblieben war.

Einer sagte: «Könnt ihr euch vorstellen, daß Skipper jetzt Flügel hat?»

«Na klar, das ist doch schick, so rumzuflattern.»

«Ich brauch keine Flügel.»

«Warum nicht?»

«Wie kann ich mit den Dingern mein Hemd ausziehn?»

«Sei nicht blöd. Engel tragen kein Hemd.»

«Na, was denn?»

«Höchstens so eine Art Nachthemd.»

«Mensch, wer trägt denn Nachthemden. So richtig schlappschwänzig ist das.»

Das Leben begann wieder. Pfarrer Castles Predigt war schon vergessen.

«Maggie», brüllte einer, «weißt du vielleicht, wo der Himmel ist?»

«Na, irgendwo wird er schon sein», antwortete Maggie und bohrte hingebungsvoll in der Nase.

«Na, da oben ist er, du Ziege.»

«Besser nicht, das wär nicht gut.»

«Warum nicht?»
«Wenn Skipper da oben wär, hätt' sie dir schon längst auf den Kopf gepißt.»
«Du bist gemein.»
«Buzz, wen willst du heiraten, wo Skipper jetzt tot ist?»
«Blöde Kuh», sagte Buzz.
«Die hätte sich die Lunge aus dem Hals gehustet. Besser daß sie tot ist», sagte ein anderer.
«Maggie, gibt's verschiedene Sorten Himmel? Ich meine einen für Huren und einen für Juden oder Neger oder Leute wie Castle?»
«Nee, bestimmt bloß einen.»
«Wozu gibt's dann verschiedene Sorten Kirchen und Synagogen und all den Kram?»
«Keine Ahnung.»
«Hat wahrscheinlich der Teufel erfunden. So was ist typisch für den.»
«Vielleicht ist Skipper gar nicht im Himmel?»
«Vielleicht schmort sie in der Hölle?»
«Das hält der Teufel nicht aus. Der schmeißt sie nach zwei Tagen raus.»
«Armer Teufel. Das wär ja zum Schießen komisch.»
«Was ist so komisch?»
«Lachen. Der geht schon die Wände rauf, wenn jemand bloß mal kichert, und Skipper platzt bei jeder Gelegenheit los.»
«Was, glaubst du, macht Skipper jetzt?»
«Singt Hymnen, wahrscheinlich.»
«Das ist vielleicht doof, die ganze Zeit Hymnen», sagte Mattie. Er blickte zum Himmel auf und intonierte:

«Richard der Beknackte
Saß auf dem Topf und kackte,
Kackte bis der Topf zerbrach
Und die Wurst daneben lag.»

Alle grölten begeistert mit.
«Ich wette, Skipper bringt den Engeln das bei.»
«Klar, auch das andere ‹Artur kommt runter, in Vatas Garasch . . .›»
«Nein, hör auf, das nicht. Das ist zu blöde.»
«Überhaupt nicht blöde. Wenn Skipper das dem lieben Gott aufsagt, dann lacht der sich tot, das kannste glauben.»
«Ne, bestimmt nicht. Es ist zu dreckig.»
«Wozu hat er uns Ärsche gemacht, wenn man nicht drüber reden darf?»
«Es ist dreckig, sag ich dir.»
«Das ist doch ein Riesenquatsch. Wenn ich Gott wär, ich würde da drüber lachen.»
«Du schon, aber was is mit Jesus?»
«Was soll mit dem sein?»
«Na, guck dir mal die Bilder von dem an. Sieht aus wie'n Süßer.»
«In Wirklichkeit hat der bestimmt nicht so ausgesehen.»
«Sein Alter war Zimmermann.»
«Und er selber auch.»
«Na, stell dir mal vor, den ganzen Tag Holz sägen, da kriegste ganz schön Muskeln. Jesus hatte bestimmt auch Muskeln. Dem sein Alter hat ihn nicht rumgammeln lassen, der mußte auch arbeiten.»
«Der war bestimmt 'n ganz dufter Typ.»
«Klar. Und konnte schwer einen heben.»
«Woher weißt du das?»
«Steht in der Bibel. Hat Wasser in Wein verwandelt.»
«Das ist prima. Mein Alter kann so was nicht.»
«Dein Alter kann überhaupt nix.»
«Warum darf ich nicht ‹Arsch› sagen?»
«Das tut man nicht.»
«Jesus hatte auch einen.»

«Aber er hat nicht ‹Arsch› gesagt.»
«Woher weißt du das?»
«Ich wette, der hat ‹Popo› gesagt.»
«Hat er nicht. Der hat jiddisch geredet.» – «Quatsch.»
«Weißt du noch vorigen Sonntag. Da sagt der Castle doch tatsächlich, daß der Regen die Tränen von den Engeln sind. Worüber heulen die bloß so viel?»
«Über deine blöden Fragen heulen die.»
«Mensch, dem lieben Gott muß das doch zu den Ohren wieder rauskommen.»
«Was?»
«Na, all die Gebete und die ganze heilige Singerei.»
«Wenn ich Gott wär, würd ich die Leute zum Lachen bringen.»
«Brauchste nicht. Wenn du Gott wärst, würden die Leute sowieso über dich lachen.»
«Wenn ich Gott wär, würde ich dir andauernd eins mit meinem Donner auf den Kopf hauen.»
«Ich hab 'ne gute Idee.»
«Noch ein Wunder.»
«Nee, ernsthaft. Wir gründen 'ne neue Kirche.»
«Du gehörst ungewaschen durch die Mangel gedreht. Wir haben grade genug Kirchen.»
«Ich meine doch keine mit Gebeten und Singen und so. Ich meine, wir erzählen die ganze Zeit Witze über den Teufel und über alles. Das wär schick.»
«Wir machen eine Lachkirche.»
«Das wär prima, eine Lachkirche.»

Und so ging das weiter. Stunde für Stunde, Tag für Tag, Jahr für Jahr. Man redete und schwatzte und nahm kein Blatt vor den Mund. Und das war es, wonach Anna sich sehnte.

25

Anna hat «das Gesicht»

In der Nacht nach Skippers Begräbnis wachte ich von einem verzweifelten Schluchzen jenseits des Vorhangs auf. Ich ging zu Anna und wiegte sie in meinen Armen, um sie zu beruhigen. Vielleicht hatte sie schlecht geträumt, vielleicht war es der Kummer um Skipper. Ich hielt sie fest, aber sie machte sich los und stand geistesabwesend auf dem Bett. Ich war ratlos und wußte nicht, was ich tun sollte. Ich drehte das Licht an, und was ich sah, machte mir Angst. Da stand Anna mit wilden, offenen Augen. Sie preßte die Hand vor den Mund, um nicht zu schreien. Die Tränen liefen ihr über die Wangen. Sie sah mich nicht und nichts anderes.

Plötzlich hörte ich Annas Stimme: «Bitte, Mister Gott, laß mich nicht so dumm bleiben wie alle andern, und wie ich jetzt bin. Ich möchte so gern alles lernen. Bitte, sag mir doch, wie man richtig fragt.»

Für den Augenblick einer Ewigkeit sah ich Anna als reine Flamme, und ich zitterte. Wie ich diesen Augenblick bewältigte, weiß ich nicht. Auf eine eigenartige, mysteriöse Weise «sah» auch ich, zum ersten Mal.

Dann fühlte ich eine sanfte kleine Hand in meinem Gesicht. «Fynn, Fynn», sagte Anna, und das Zimmer war wieder ein Zimmer. «Fynn, was ist denn mit dir?»

Ich weiß nicht – vielleicht aus Angst begann ich jetzt, höllisch zu fluchen. Jeder Muskel tat mir weh, und mich fror erbärmlich. Anna legte die Arme um meinen Hals. «Fluch nicht, Fynn, was schimpfst du so? Ist doch alles gut jetzt.»

Ich versuchte, noch einmal an diesen schrecklichen und gleichzeitig wunderbaren Moment zu denken. Ich versuchte, zur Normalität zurückzukehren; es war ein Gefühl, als hätte man eine endlose Leiter hinabzusteigen.
Anna flüsterte: «Ich bin so froh, daß du gekommen bist. Ich hab dich lieb, Fynn.»
Ich wollte sagen, ich auch; aber ich brachte kein Wort zustande. In meinem Kopf sah es neblig aus. Zwischendurch bemerkte ich, daß Anna mich zu meinem Bett führte. Ich legte mich nieder und fühlte mich hundeelend und erschöpft. Meine Gedanken brodelten durcheinander. Eine Tasse Tee, die ich plötzlich in der Hand hielt, brachte mich wieder zur Besinnung.
«Trink das, Fynn», sagte Anna. «Trink es ganz aus.» Ich hörte, wie sie eine Zigarette für mich anzündete. Dann richtete ich mich auf und stützte mich auf die Ellbogen.
«Was war denn bloß los, Fynn?» fragte sie.
«Gott weiß, was los war», sagte ich. «Hast du geschlafen?»
«Nee, war schon 'ne ganze Weile wach.»
«Ich hab gedacht, du hast böse Träume.»
«Überhaupt nicht.» Sie lächelte. «Ich hab bloß gebetet.»
«Aber du hast so geweint . . . ich dachte . . .»
«Hast du deshalb Angst gehabt?»
«Weiß nicht. Möglich. Es war komisch. Ich fühlte mich so schlecht und ganz leer. Ich dachte einen Moment lang, ich seh mich selber, wie ich wirklich bin. War nicht schön.»
Sie antwortete nicht. Dann sagte sie ruhig: «Ja, ich weiß.»
Ich war unendlich müde und legte meinen Kopf in Annas Arme. Es war nicht richtig. Es mußte andersrum sein. Sie legte sonst ihren Kopf in meine Arme. Aber ich fühlte nur, so war es gut. Das hatte ich gewollt.
Und all die ungefragten Fragen? Nach einer Weile sagte ich leise:

«Fratz, warum hast du Mister Gott gebeten, er soll dir beibringen, wie man richtig fragt?»
«Och, das ist bloß traurig . . . sonst nichts.»
«Was ist traurig?»
«Na, die Menschen eben.»
«Verstehe. Und was ist traurig mit den Menschen?»
«Ich denke immer, Menschen sollten klüger und klüger werden, je älter sie werden. Bossy und Patch werden immer klüger, aber Menschen nicht. Das find ich traurig.»
«Glaubst du das wirklich?»
«Ja. Die Schachteln von Menschen werden immer kleiner.»
«Was für Schachteln?»
«Ich hab mir gedacht, jede Frage liegt in einer Schachtel, und die Antworten, die die Menschen kriegen, die sind immer ganz genau so groß wie die Schachtel, wo die Frage drin ist. Das ist so wie mit den Dimensionen, weißt du noch?»
«Du meinst damals, das aus dem Buch?»
«Ja, wenn du eine Frage mit zwei Dimensionen hast, dann kriegst du auch so eine Antwort mit zwei Dimensionen. Das ist alles fest eingesperrt, eben wie in einer Schachtel.»
«Ich glaube, ich weiß ungefähr, was du meinst.»
«Die Antwort ist immer so groß wie die Schachtel, und dann ist Schluß. Mehr kriegt man nicht. Wie im Gefängnis.»
«Ich glaube, wir sind alle irgendwie eingesperrt.»
Sie schüttelte den Kopf. «Nein, das glaub ich nicht. Das würde Mister Gott nicht zulassen. Wir sperren uns höchstens selber ein.»
«Vielleicht hast du recht. Aber was dann?»
«Mister Gott ist da, und er läßt uns dasein.»
«Na siehst du, wir sind ja doch da.»
«Nein. Wir sperren auch ihn in kleine Schachteln.»
«Bestimmt nicht.»
«Doch, die ganze Zeit. Weil wir ihn gar nicht wirklich lieben.

Die Maus gestern hab ich auch aus der Mausefalle rausgelassen, weil ich sie liebhab. Und auch Mister Gott müßten wir rauslassen, auch aus der Kirche. Und das wäre dann wirklich Liebe.»

26

Nachtmenschen

Vielleicht lag es daran, daß Anna und ich einander eines Nachts begegnet waren. Wir liebten beide die Dunkelheit, denn manches Überraschende geschah nur in der Finsternis. Lärm und Aufregung, alle die nervösen Heftigkeiten des Tages sanken in sich zusammen und wurden am Abend überschaubar. Nachts konnte man reden, und wenn es niemanden sonst gab, so sprach man auch mit einer freundlich leuchtenden Straßenlaterne. Wer verstand derlei bei Tageslicht?
«Sonnenschein ist schön», sagte Anna, «aber er macht alles so hell, daß man gar nicht weit sehen kann. Nachts ist das Leben schöner. Man kann sich nachts so groß machen, daß die Finger bis an die Sterne reichen, und die sind doch riesig weit weg. Und dann die Ohren. Am Tag ist alles laut, daß du überhaupt nichts hörst ... aber nachts hört man die Blätter singen.»

Mutter hatte Verständnis für unsere Ausflüge in der Dunkelheit. Am liebsten wäre sie selber mitgekommen.
«Viel Spaß», sagte sie jedesmal, wenn wir loszogen. «Und verlauft euch nicht.» Sie meinte damit nicht, daß wir uns in den Straßen des East End wirklich verlaufen könnten. Sie verstand, daß einem die Phantasie abhanden kommen könnte zwischen all den Sternen. Sie wußte, daß «sich verlaufen» und «seinen Weg finden» die zwei Seiten ein und derselben Münze waren. Man konnte die eine nicht ohne die andere haben.

«Warum geht ihr nicht raus?» sagte sie. «Es gießt wie aus Eimern, und ihr sitzt hier rum.» So grauenhaft das Wetter auch sein mochte, Mutter war der Ansicht, man sollte hinaus, es riechen, schmecken, nachsehn, wie es sich anfühlt. Erfahrungen machen. Neugierig sein.

Wenn alle übrigen Mütter nach ihren Freds, Bertas, Betties schrien, dann sagte meine Mutter: «Wenn ihr heimkommt, ist heißes Wasser da, damit es keinen Schnupfen gibt. Und Tee mache ich euch auch.» Jahrelang hielt sie es so, bis sie herausfand, wir seien alt genug, selber heißes Wasser und Tee zu machen. Für Mutter war es selbstverständlich, daß man auch einmal eine ganze Nacht fortblieb. Denn sie wußte, eine Nacht draußen zu verbringen, war etwas Besonderes. Den Tag kannte jeder. Die Nacht nur wenige.

Es gab darum Nachtmenschen, die man am Tag nicht antraf. Die meisten von ihnen redeten gern, und man erfuhr Dinge, von denen man sonst nicht einmal träumte. Natürlich gab es Nachbarn, die uns schief ansahen. Nachts hatte jeder anständige Mensch im Bett zu liegen und zu schlafen, erst recht, wenn es sich um ein kleines Mädchen handelte. In der Nacht waren die Bösen, die Räuber und Diebe unterwegs. Die Nacht gehörte dem Teufel.

Vielleicht hatten wir Glück. Auf all unseren nächtlichen Ausflügen begegneten wir niemals dem Bösen, den Räubern und Dieben. Wir trafen nur Menschen.

Anna sagte: «Komisch, Fynn, alle Nachtmenschen haben andere Namen als Tagmenschen.»

Es stimmte. Geriet man in eine Gruppe von ihnen, so hatte man noch nicht guten Abend gesagt und wurde schon reihum bekannt gemacht.

«Das ist die verrückte Lilly. Sie ist ein bißchen komisch im Kopf, aber sonst ganz harmlos. Und das da ist der ‹alte Spinner›.»

Sein wirklicher Name war Robert Sowieso, aber jedermann nannte ihn nur «alter Spinner».
Nachtmenschen hatten Zeit, miteinander zu reden. Sie arbeiteten nicht, bis sie spät abends halbtot ins Bett fielen, um am nächsten Morgen mit der gleichen Hetzerei wieder zu beginnen. Nachtmenschen erzählten, erzählten und hörten dem zu, was andere berichteten.
Eine Flasche ging von Hand zu Hand. Jeder wischte die Öffnung ordentlich mit dem Ärmel ab und nahm einen tiefen Schluck. Auch ich kam an die Reihe und trank. Hätte ich es nur nicht getan. Mir drehte sich der Magen um. Hustend, spuckend und mit tränenden Augen reichte ich die Flasche weiter. Das Zeug schmeckte wie Lackfarbe mit einem kräftigen Schuß Dynamit versetzt. Ein Schluck davon war eine Erfahrung, zwei Schlucke eine Strafe, und drei führten zum sicheren Tod.
«Zum erstenmal probiert, du Hühnchen?» sagte der ‹alte Spinner›.
Ich stöhnte. «Zum ersten und zum letzten Mal.»
«Wenn man mehr davon trinkt, gibt sich das», sagte die verrückte Lilly.
«Wie heißt dieses Teufelszeug?» Ich bekam langsam wieder Luft.
«Ganz ähnlich. Es heißt ‹Höllenfeuer›», sagte der ‹alte Spinner›, «wenn man das trinkt, kriegt man keinen Schnupfen, wenn es kalt wird.»
«Es schmeckt wie Benzin.»
Die verrückte Lilly gackerte fröhlich: «Stimmt nicht. Du wirst schon noch auf den Geschmack kommen.»
Anna wollte das Höllenfeuer auch probieren. So tat ich einen Tropfen auf mein Taschentuch und ließ sie daran lutschen. Sie prustete ebenso wie ich. «Gräßlich», sagte sie und zog eine Grimasse.

Alle lachten. Wozu wischten sie nur so säuberlich die Flaschenöffnung ab? Keine einzige Bazille würde dieses Höllenfeuer überleben. Seit jener Erfahrung tranken wir nur noch Tee und Kakao.

Knast-Willi erzählte von seinen Abenteuern. Sie waren so außerordentlich, daß sie eigentlich das Leben von vier ausgewachsenen Männern hätten füllen können. Was machte es, ob alle Geschichten wahr waren? Wem schadete das, was Willys Phantasie sich ausgemalt hatte? Seine Phantasie war pure Poesie. Die nächtlichen Sterne zerbrachen Mauern, hinter denen Menschen eingesperrt waren. Die Phantasie schwebte frei durch den Raum.

Anna saß auf einer alten Öltonne und war Mittelpunkt der Aufmerksamkeit, wie immer und überall. Ihre Wangen glühten, ihre Augen leuchteten, als Knast-Willi sein Garn spann.

In einer solchen Nacht erzählte auch Anna. Der ‹alte Spinner› stellte sie auf eine Kiste, und zwei Dutzend Nachtfreunde hörten zu. Sie erzählte von dem König, der einem Gefangenen den Kopf abschlagen lassen wollte. Aber plötzlich änderte er den Befehl, weil er das Lächeln eines Kindes gesehen hatte. Alle Zuhörer nickten, und Knast-Willi sagte: «Ah ja, so'n Lächeln, das ist schon was. Das erinnert mich an die Geschichte, als ich damals . . .» und wieder gab es ein neues Gespinst, das in Willis Kopf Gestalt annahm.

In einer frostigen Aprilnacht trafen wir Rübezahl zum ersten Mal. Warum er so hieß, wußte niemand. Unsere Freunde respektierten und achteten ihn. Er war gebildet und besaß feine Manieren. Er war groß und ging gerade, als hätte er einen Stock verschluckt. Hakennase, Bart und ein wenig wässrigblaue Augen. Wenn Rübezahl lächelte, so erreichte das Lächeln nur seine Mundwinkel. Aber man schaute gar nicht auf das Lächeln, man sah nur in seine Augen, die einen festhielten. Darin stand Zutrauen, und sie überschütteten einen mit Wärme.

Als Anna und ich an das kleine Feuer traten, an dem die Nachtfreunde sich die Hände wärmten, schaute Rübezahl auf und sah uns an. Niemand sprach. Seine Augen wanderten von mir zu Anna, und dort blieben sie. Er hielt ihr die Hand hin, und sie ging zu ihm. Sie hielt seine Hand fest und beide waren fortan Freunde.

«Bist du nicht noch ein bißchen jung für das hier, Kleines?» fragte Rübezahl.

Anna schwieg und sah ihn an. Er verlangte keine Antwort. Er hatte es nicht eilig und konnte warten.

Schließlich sagte sie ruhig: «Ich bin alt genug fürs Leben.»

Rübezahl lächelte und zog eine alte Holzkiste neben sich. Anna setzte sich.

Ich stand verloren und vergessen herum. So suchte ich mir auch eine Kiste und setzte mich dazu. Wir schwiegen ein paar Minuten lang. Rübezahl stopfte sich umständlich eine Pfeife und ging zum Feuer, um sie anzuzünden. Als er sich wieder setzte, legte er eine Hand auf Annas Kopf und sagte etwas, das ich nicht verstand. Beide lachten. Er rauchte ruhig vor sich hin.

«Magst du Gedichte?» fragte er.

Anna nickte. Rübezahl beschäftigte sich weiter mit der Pfeife.

«Weißt du, was Gedichte sind?» fragte er weiter und paffte große Wolken.

«Ja», erwiderte Anna, «es ist so eine Art Nähen.»

«Aha!» Rübezahl nickte. «Und was meinst du mit ‹eine Art Nähen›?»

Anna wandte die Worte in ihrem Kopf hin und her.

«Ich denk mir das so, man näht aus vielen kleinen verschiedenen Stücken etwas zusammen, und das ist dann wieder ganz verschieden von dem, was es vorher war.»

«Hm», brummte Rübezahl, «ich glaub, das ist eine ganz gute Erklärung für Poesie.»
«Darf ich mal was fragen?» sagte Anna. «Natürlich.»
«Warum leben Sie nicht in einem Haus?»
Rübezahl betrachtete seine Pfeife und strich sich den Bart.
«Ich glaub, das kann man so nicht beantworten. Kannst du dasselbe anders fragen?»
Anna dachte einen Moment nach, dann sagte sie: «Warum leben Sie gern im Dunkeln?»
«Im Dunkeln?» Rübezahl lächelte. «Das kann ich leicht beantworten, aber ob du die Antwort verstehst?»
«Wenn es eine Antwort ist, dann versteh ich sie», sagte Anna.
«Ah ja, natürlich. Wenn es eine Antwort ist. Das ist wahr, nur ob es eine Antwort ist?» Er machte eine Pause. «Magst du die Dunkelheit?»
Anna nickte: «Sie macht einen groß. Sie macht Taggefängnisse riesig und nicht mehr eng.»
Rübezahl lachte leise. «Tatsächlich, tatsächlich», sagte er. «Und ich mag die Dunkelheit, weil ich da über mich selber nachdenken und nach Klarheit suchen kann. Am Tag denken die andern über mich nach, und das meiste davon ist falsch. Verstehst du das?»
Anna lächelte. Rübezahl streckte die Hand aus und strich ihr über die Augen. Dann nahm er ihre Hände in die seinen und dachte nach. Das Feuer beleuchtete unseren Straßenwinkel. Am Tag war es eine schäbige, schmutzige Ecke wie irgendeine andere. Heute nacht war sie verzaubert.
Rübezahl sprach:

«O Anblick der Glanznacht, Sternheere,
Wie erhebt ihr! Wie entzückst du, Anschauung
Der herrlichen Welt! Gott Schöpfer!
Wie erhaben bist du, Gott Schöpfer!

Das ist Poesie, verstehst du? Ein Gedicht. Man lernt daraus. Menschliches, Göttliches, Phantasie, Leben, Erinnerung, überhaupt alles. Du solltest Gedichte lernen, Anna, oder selber welche machen. Der Tag ist für das Hirn, für das Denken da, die Dunkelheit für die Phantasie. Hab keine Angst, Anna. Dein Gehirn macht vielleicht einmal einen Fehler, aber dein Herz niemals.»

Er stand auf, sah sich im Kreise um. Dann schaute er wieder auf Anna.

«Ich kenne dich, kleine Dame», sagte er, «und du kennst mich.» Er zog den Mantel enger um die Schultern und trat ins Dunkel. Noch einmal streckte er Anna die Hand hin und sprach leise:

«Wie freut sich des Emporschauns zum Sternheer,
wer empfindet,
Wie gering er und wer Gott, welch ein Staub er
und wer Gott,
Sein Gott ist! O sei dann, Gefühl
Der Entzückung, wenn auch ich sterbe, mit mir!»

Damit ging er. Wir sahen ins Feuer und schwiegen. Wir fragten nichts, denn es gab keine Antworten. Wir sagten nicht einmal gute Nacht, als Anna und ich die Freunde verließen. Langsam wanderten wir durch die leeren Straßen; jeder war mit seinen eigenen Gedanken beschäftigt.

Ein Sprengwagen kam vorüber und fraß den Schmutz des Tages von der Straße. Wasser sprühte auf den Gehweg. Große Bürsten säuberten die Stadt für den Tag. Wir sprangen zur Seite, um nicht naß zu werden.

Anna brach das Schweigen und lachte.

«Die Bürsten essen Straßendreck zum Frühstück.»

Ich sprang eine Treppe hinauf und deklamierte von oben herunter:

«Oh, du Ausgeburt der Hölle!
Soll das ganze Haus ersaufen?
Seh ich über jede Schwelle
Doch schon Wasserströme laufen.
Ein verruchter Besen,
Der nicht hören will!
Stock, der du gewesen,
Steh doch wieder still!»

Die Anna-Prinzessin tanzte den Besentanz, und in einiger Entfernung erschien ein Polizist. Feierlich rief ich ihm zu:

«Sei deine Absicht ruchlos oder liebreich,
Du kommst in so leutseliger Gestalt,
Daß ich dich sprechen muß. Ich nenn' dich Hamlet,
Fürst, Vater, Dänenkönig: gib mir Antwort!»

«Seid ihr besoffen?» fragte der Polizist und kam interessiert näher. Wir lachten und rannten hinter dem Sprengwagen her. Wir sprangen durch den Sprühregen und waren atemlos vor Vergnügen.
«Guck mal, kennst du die Fahrer von dem Wagen? Sie heißen Mottenloch und Hundedreck!» schrie ich.
«Gar nicht wahr», quietschte Anna, «das sind doch Spinnebein und Ochsenschwanz.»
Wir waren völlig naß. Der Fahrer drehte die Brause ab, hielt an und stieg aus.
«Ochsenschwanz, Ochsenschwanz!» schrien wir und konnten uns vor Lachen nicht halten. Von der anderen Seite näherte sich Hamlets Gespenst in Gestalt des Polizisten. Wir sausten kreischend die Straße entlang und hielten erschöpft in sicherer Entfernung. Hamlets Geist und Ochsenschwanz sahen uns nach und sprachen miteinander. Wer weiß vorüber? Wahrscheinlich schimpften sie über die mißratene Jugend.

Wir rannten weiter bis zum Deich und setzten uns auf ein Geländer. Dort frühstückten wir Wurstbrote, die wir am Abend zuvor eingepackt hatten. Auf dem Fluß war Frühmorgenbetrieb, Lastkähne und Schlepper zogen vorbei.
Anna sprang auf den Weg und begann ein endloses Hinkepinke auf den Steinplatten. Nach dreißig Metern wandte sie sich um und kam zurück.
«Hallo, Fynn», sagte sie und drehte sich wie ein Kreisel.
«Hallo, Anna», sagte ich. Sie sprang wieder davon, ein Gummiball aus lauter Freude.
«Fynn, gibst du mir mal die Kreide?»
Es war meine Aufgabe, ständig Annas Buntstiftschachtel bei mir zu haben. Ich gab sie ihr.
Sie kniete auf dem Straßenpflaster und malte einen großen roten Kreis auf die Steine.
«Stell dir vor, das bin ich», sagte sie.
Dann malte sie lauter Punkte außen um den Kreis herum und etwa die gleiche Anzahl in den Kreis hinein. Ich sah interessiert zu.
«Ich erklär es dir», sagte sie. «Guck mal den Baum dort an. Für den Baum hab ich hier draußen den Punkt gemacht. Und hier innen in dem Kreis ist noch mal derselbe Punkt, und das ist auch ein Baum, also der Baum in mir. Er ist in mir drin. In meiner Mitte.»
«Ich glaub, das hab ich schon mal gehört», murmelte ich.
«Und das da», fuhr sie fort und malte noch einen Punkt innerhalb des Kreises, «das ist ein fliegender Elefant. Aber wo ist der fliegende Elefant außen? Fynn, sag mal?»
«Es gibt keine fliegende Elefanten, und deshalb kannst du keinen außen malen», erklärte ich.
«Richtig. Aber wie kommt dann ein fliegender Elefant in meinen Kopf rein?» Sie setzte sich auf die Fersen und starrte mich an.

«Wie etwas in deinen Kopf hineinkommt, weiß ich nicht, aber der fliegende Elefant ist pure Einbildung und keine Tatsache.»
«Und meine Einbildung ist keine Tatsache, Fynn?» Sie legte zweifelnd den Kopf schief.
«Klar, natürlich ist deine Einbildung eine Tatsache, aber was sich daraus ergibt, ist keine, ich meine, keine Realität.» Schon wieder gab es gewundene Erklärungen.
«Ja, aber wie kam der Elefant dann in meine Einbildung hinein?»
Sie klopfte mit der Kreide in den Kreis. «Wie kommt das, wenn draußen nichts ist? Wo kommt die Einbildung her?»
Ich war dankbar, daß Anna nicht sogleich eine Antwort verlangte. Sie war in voller Fahrt und redete weiter. «Da gibt's auch 'ne ganze Menge Sachen außen, die wieder nicht innen, also nicht in mir drin sind, verstehst du, Fynn?»
Sie kniete wieder und malte weiter. «Fynn, gefällt dir mein Bild?»
«Sehr. Es gefällt mir verdammt gut.»
Sie deutete mit dem kreideverschmierten Finger auf den Mittelpunkt des Kreises und sagte leise: «Manchmal weiß ich nicht, ob ich eingesperrt bin oder ausgesperrt.»
Wir saßen beide auf dem Pflaster und malten «außen» und «innen». Plötzlich standen zwei blanke Stiefel in unserer Malerei, und eine Stimme sagte: «Ist das hier nicht Hamlet mit seiner kleinen Freundin?»
Ich sah auf. Es war der Polizist.
«Habt ihr kein Bett? Warum seid ihr nicht zu Haus? Und was soll die Schmiererei?»
«Wir haben ein Bett», erläuterte ich, «aber wir mögen jetzt nicht schlafen.»
«Und das ist keine Schmiererei», sagte Anna, «das ist ein Bild, Herr Polizist.»

«Und was bedeutet es?» fragte er.
»Es bedeutet Mister Gott. Der Kreis hier, das bin ich, und alles, was in mir drin ist, sind diese Punkte. Und die anderen Punkte bedeuten alles, was noch nicht in mir drin ist. Und alles zusammen ist Mister Gott!»
«Aha», sagte der Polizist. «Trotzdem darf man nicht aufs Pflaster malen.»
Er vertrat zweifellos das Gesetz, nur Anna gehorchte einem ganz anderen.
«Dieser Punkt hier außen», sagte sie, «das sind Sie, Herr Polizist. Und der hier innen, das sind Sie auch, in mir drin, so wie ich mir einen Polizisten vorstelle. Nicht wahr, Fynn?»
«Klar. Genauso ist es, selbstverständlich», erklärte ich.
Der Polizist schaute noch einmal hin und sagte noch einmal: «Aha!» Dann sah er mich an und zog die Augenbrauen hoch. Ich zuckte mit den Achseln. Er deutete auf einen dicken grünen Punkt außerhalb des Kreises und fragte:
«Weißt du, was das für ein Punkt ist? Das ist der Oberwachtmeister Miller, und der kommt hier in fünf Minuten wieder vorbei. Und wenn das Pflaster bis dahin nicht sauber ist, dann kommst du hier rein.» Sein Stiefel beschrieb einen Kreis. «Und weißt du, was der Kreis bedeutet? Der bedeutet das Polizeigefängnis!»
Sein breites Lächeln strafte seine grollende Stimme Lügen.
Anna griff nach meinem Taschentuch und wischte das Gemälde weg. Sie stand auf und klopfte sich den Kreidestaub vom Kleid.
«Herr Polizist», fragte sie, »arbeiten Sie immer hier?»
«Meistens.»
Anna nahm ihn bei der Hand und zog ihn zum Fluß hinüber.
«Herr Polizist, ist der Fluß das Wasser, oder ist der Fluß das Loch, in dem das Wasser drin läuft?»
Der Polizist schaute sie einen Moment lang schweigend an,

dann antwortete er: «Das Wasser natürlich. Es gibt keinen Fluß ohne Wasser!»
«Oh», sagte Anna verwundert, «das ist komisch. Wenn es nämlich in den Fluß reinregnet, dann ist das Regenwasser kein Fluß, es heißt also erst Fluß, wenn das Regenwasser in dem großen großen Loch fließt. Warum ist das so, Herr Polizist?»
Er sah mich an. «Nimmt sie mich auf den Arm?»
«Sie haben's gut», sagte ich. «Bei mir geht das den ganzen Tag so.»
Der Polizist hatte endgültig genug. «Also los ihr zwei, ab nach Haus, oder ich mach euch Beine. Und noch was: Ihr lauft besser die andere Straße da runter.» Er wies mit dem Finger in eine Richtung. «Aus dieser Straße hier kommen nämlich gleich Spinnebein und Ochsenschwanz. Kapiert? Wenn die euch sehen, kann sein, die hauen euch den Hintern voll.» Er gluckste lachend vor sich hin und war mit sich zufrieden.
«Spaß was?» murmelte ich. «Die ganze Welt ist voll Spaß. Prima Arbeit übrigens, Fratz, das mit dem Fluß. Gut nachgedacht.»
«Oh», sagte sie, «das ist ja noch nicht fertig. Weißt du, von wo ab etwas ein Fluß ist und von wo ab es wieder aufhört? Gibt es da irgendwo einen Punkt, Fynn?»
Rübezahl hatte recht. Der Tag schärfte den Verstand, aber die Nacht schulte die Phantasie. Wehe, wenn beides frühmorgens um sechs zusammentraf. Ich verstand allmählich, weshalb die meisten Leute während der Nacht schliefen. Es war einfacher. Sehr viel einfacher.

27

Roter Mohn

Es geschah an einem schönen sonnigen Tag. Die Straße war erfüllt von Kinderlärm, als plötzlich meine Welt zusammenbrach. Ein Schrei tötete das Gelächter. Es war Jackie. Sie rannte auf mich zu. Ihr Gesicht war weiß vor Angst und Schrecken.
«Fynn», rief sie, «oh Gott! Fynn, Anna! Sie ist tot. Sie ist bestimmt tot.»
Eiswasser rann mir den Rücken hinunter. Ich rannte die Straße entlang. Da hing Anna quer über einem Zaun. Ihre Finger griffen kraftlos nach einem Halt. Ich hob sie herunter und wiegte sie in meinen Armen. Schmerz flackerte in ihren Augen. «Bin vom Baum gefallen», flüsterte sie.
«Ist gut, Fratz. Wird alles gut. Ich bin bei dir. Ich halte dich fest.»
Mir war so elend. Aus den Augenwinkeln sah ich etwas, das mich noch mehr erschreckte als das Kind in meinen Armen. Bei ihrem Sturz hatte Anna ein Stück von jenem schmiedeeisernen Geländer abgebrochen. Noch vor zwei Jahren hatte niemand so ein ähnliches Stück beachten wollen. Jetzt sah jeder dieses Eisenstück. Jeder sah die kristalline Bruchstelle, und sie war rot vor Scham. Rot wie Blut.
Ich trug Anna nach Haus und legte sie vorsichtig aufs Bett. Der Arzt kam, verband sie und ließ mich mit ihr allein. Ich hielt ihre kleinen Hände und schaute in ihr Gesicht, das sich schmerzlich verzog. Dann versuchte sie ein Lächeln. Das Lächeln gewann. Die Schmerzen versteckten sich. Dank Gott, sie wird gesund werden. Dank, Mister Gott!

«Fynn, wie geht es der Prinzessin?» flüsterte Anna.
«Es geht ihr gut», antwortete ich, aber ich wußte nicht, ob es stimmte.
«Sie saß auf einem Baum und konnte nicht wieder runter. Ich bin ausgerutscht.»
«Es geht ihr gut.»
«Sie hatte Angst, soviel Angst. Sie ist doch bloß ein Kind.»
«Es geht ihr gut. Ruh dich aus. Ich bleib bei dir. Hab keine Angst», sagte ich. «Ich hab keine Angst, Fynn. Kein bißchen.»
«Schlaf, Fratz. Schlaf ein bißchen. Ich bleib bei dir.»
Sie schloß die Augen und schlief ein. Es wird alles gut werden, es wird alles gut werden, es wird alles gut werden. Tief innen wußte ich es.
Zwei Tage hielt dieses beruhigende Gefühl an und vertrieb mir die Furcht. Ihr Lächeln und ihre Erzählungen von Mister Gott machten mich sicher. Meine Beklemmungen lösten sich. Ich sah aus dem Fenster, als sie nach mir rief. «Fynn?»
«Hier, Fratz. Was möchtest du?» Ich wandte mich zu ihr.
«Fynn, es ist so komisch. Es kehrt sich alles von innen nach außen.» Auf ihrem Gesicht malte sich Staunen. Eine Faust preßte mir das Herz zusammen. Ich dachte an Oma Harding.
«Fratz!» Meine Stimme war viel zu laut. «Fratz! Sieh mich an.» Ihre Augen flackerten, als sie lächelte.
Ich stürzte zum Fenster, riß es auf. Cory war draußen.
«Schnell, hol den Arzt!»
Cory nickte und raste davon. Plötzlich wußte ich Bescheid. Ich ging zurück an Annas Bett. Es war keine Zeit zum Weinen. Es war niemals Zeit zum Weinen. Kalte Angst saß in meinem Herzen. Ich hielt ihre Hand. Ich dachte, ich bat, ich betete, ich beschwor Mister Gott.
«Fynn», flüsterte sie, und wieder lief ein Lächeln über ihr Gesicht. «Fynn, ich hab dich lieb!»
«Ich dich auch, Fratz.»

«Fynn, ich wette, Mister Gott läßt mich dafür in sein Himmel rein.»
«Ich wette, er wartet persönlich auf dich am Tor.»
Ich wollte noch viel mehr sagen, aber sie hörte nicht mehr zu.

Die Tage brannten nieder wie große Kerzen. Die Zeit schmolz und gerann zu nutzlosen, häßlichen Klumpen.
Zwei Tage nach Annas Begräbnis fand ich eine Schachtel, in der sie Samenkörner gesammelt hatte. Das gab mir Arbeit. Ich ging zum Friedhof und stand dort eine Weile herum. Wäre ich ihr nur näher gewesen, hätte ich nur mehr von ihr gewußt. Hätte ich . . . hätte ich . . . Ich streute die Körner auf die frisch aufgeworfene Erde und warf die Schachtel fort.
Ich wollte Mister Gott hassen, wollte ihn aus meinem Leben werfen. Aber er ließ sich nicht verscheuchen. Er wurde realer als je zuvor. Ich konnte nicht hassen, höchstens verachten. Gott war ein Idiot, ein Dummkopf, ein Kretin. Er hätte Anna retten können; warum hatte er es nicht getan? Er ließ es einfach geschehen, und es war die unsinnigste Sache der Welt. Dieses Kind . . . es war noch nicht acht Jahre alt. Gerade als es . . . ach, zum Teufel.

Ich lebte weiter. Die Jahre vergingen. Manchmal zog der Geruch eines Holzkohlenfeuers durch meine Phantasie. Rübezahl, Knast-Willi, die verrückte Lilly, Anna und ich. Irgendwann geschah etwas, und ich weinte. Ich weinte zum ersten Mal nach Jahren. Ich ging aus an jenem Abend und blieb die Nacht lang draußen. Wolken segelten. Vielleicht stimmte mein Kummer nicht? Vielleicht war Annas Leben vollendet gewesen? Vielleicht war alles gar nicht sinnlos, kein idiotischer Zufall?
Am nächsten Tag ging ich zum Friedhof. Ich wußte, daß es nur ein kleines Holzkreuz gab und keinen Grabstein. Ich

fand es erst nach einer Stunde. Ich atmete tief. Das Kreuz stand ein wenig schief, als sei es betrunken. Die Farbe blätterte ab. Der Name war noch leserlich:

ANNA

Ich wollte lachen, aber man lacht nicht auf einem Friedhof. Aber ich mußte lachen. Ich lachte, bis mir die Tränen über das Gesicht liefen. Ich zerrte das Kreuz heraus und warf es in ein Gebüsch.

«Also gut, Mister Gott», lachte ich. «Du hast mich überzeugt. Guter alter Mister Gott. Du bist manchmal ein bißchen langsam, aber irgendwann kommt alles in Ordnung.»

Auf Annas Grab wuchs ein Teppich von blutrotem Mohn. Im Hintergrund standen Lupinen. Die Bäume redeten miteinander die Baumsprache. Anna war zu Hause. Sie brauchte keinen Grabstein. Eine Tonne feinsten Marmors würde diesen Platz nicht schöner machen. Ich blieb eine Weile stehen, und nach fünf Jahren sagte ich Anna zum ersten Mal: «Auf Wiedersehen.»

Auf dem Rückweg kam ich an dem großen Marmorengel vorbei. Er versuchte noch immer, seine marmornen Blumen auf das marmorne Grab zu legen.

«He du», sagte ich zu ihm, «gib's auf. Du schaffst das nie.»

Die eisernen Pforten öffneten sich. Ich sagte: «Die Antwort heißt ‹in mir drin, ganz in der Mitte›.»

Und ein kurzer Schreck überfiel mich, als ich Anna sagen hörte:

«Und auf welche Frage ist das die Antwort, Fynn?»

«Das ist leicht. Die Frage heißt ‹Wo ist Anna?›»

Ich hatte sie wiedergefunden. Und ich war sicher, irgendwo saßen Mister Gott und Anna nebeneinander und lachten.

Wenn ich sterbe . . .

von Anna

Wenn ich sterbe,
Dann tu ich das selber.
Niemand tut es für mich.
Wenn es so weit ist,
Dann sag ich:
«Fynn, stell mich hin.»
Und dann guck ich rum.
Und dann lach ich.
Dann fall ich hin
Und bin tot.

Bevor Sie dieses Buch aus der Hand legen,

möchten Ihnen diese Zeilen beim Ordnen Ihrer Empfindungen und Gedanken behilflich sein. Möglicherweise hat Sie Fynns Anna bezaubert, so daß es Ihnen zu diesem Zeitpunkt nicht gelingt, sich über das Gelesene Klarheit zu verschaffen. Dem «rothaarigen Dämon» Anna ist es in jedem Falle zuzutrauen, daß er nicht nur «Katzen, Hunde ... Milchmänner, Busschaffner, Polizisten» und natürlich Fynn verzaubert, sondern auch Sie, den Leser.

Vielleicht sind Ihre Empfindungen aber völlig anderer Art. Möglicherweise wollten Sie dieses Buch soeben verärgert aus der Hand legen, weil Ihnen Fynns Sprache mancherlei zumutet, was Sie verstimmt. Wie dem auch sei, Verzauberung und Verärgerung sind nur selten konstruktiv. Um aufzuarbeiten, was Sie empfinden, wird es nötig sein, dieses Buch nicht in Ihren Emotionen untergehen zu lassen, sondern wach zu werden für die Fragen, die Fynn Ihnen vorerzählt.

Fynns Buch erschien erstmals 1974 in England. Der Verfasser – unter anderem Namen ein irischer Mathematiker – erinnert sich darin an einen drei Jahrzehnte zurückliegenden Abschnitt seiner Jugend, der bestimmt war durch das Zusammenleben mit Anna, dieser «zu klein geratenen Mona Lisa», die durch einen schlimmen Unfall mit kaum acht Jahren verstarb. Fynn führt uns in ein Arbeiterviertel im Londoner Osten, das Gott – Verzeihung, «Mister Gott» – nur mit Mühe als ein Stück seiner guten Schöpfung wiedererkannt hätte. Zwischen Friedhof und Fabrik, Kanal und Kutscherkneipe verlebt Anna

einige glückliche Jahre, nachdem Fynn die Vierjährige als «Strandgut» im Dreck der Londoner Docks auflas. Fynn skizziert dieses Stück Welt, dessen Schmutz auf die Sprache seiner Bewohner abfärbt. Da sind Kinder, die zerprügelt wie streunende Hunde ihren Eltern davonlaufen, ohne daß dieses bemerkt wird; da sind «Nachtmenschen» wie Knast-Willi, Lilly und Rübezahl, diese Zwielichtgemeinde, die in ihrem Schlupfloch nachts ihrer «Philosophie» lebt ... Die gesellschaftlichen Unterschiede zur Situation des Lesers in der DDR sind offenkundig und bedürfen deshalb keiner ausführlichen Entfaltung.
Bei aller Genauigkeit, die Fynn auf die Zeichnung von Anna und ihrer Umgebung verwendet, ist sein Buch doch mehr als lediglich ein Spiegelbild von wenig mehr als drei ungewöhnlichen Kinderjahren in einer kinderunfreundlichen Welt. Mag es die Verzauberung durch den «Fratz» Anna sein, die auch Jahrzehnte danach noch anhält, oder die Wirkung des blutroten Mohns auf ihrem Grab, die Fynn die Feder führen, gleichviel: Es ist nicht Anna, sondern eben Fynns Anna, die Ihnen hier begegnet. Diese Anna ist in Ihrem Hause oder vor Ihrem Fenster nicht zu finden – und doch ist ein wenig Anna in allen Kindern! Fynn, der Schüler seiner großen, kleinen Lehrerin hat durch sie sehen gelernt. Er erzählt in die drei Jahre mit «Fratz» hinein, was er nach der «Lehrzeit» bei Anna im Leben entdeckt hat: daß das «Eigentliche» immer «ganz drin» ist. Deshalb sind die Engel, «Mister Gott» und ein wenig auch Anna selbst «lauter Innen». Fynn-Anna schaut hindurch, wo andere allenfalls hinschauen. Anna konnte früh sterben, weil sie ahnte, was Freude und Leid, was Leben und Gott wirklich sind. Was hätte sie noch lernen sollen? –
So ist dieses Buch zutiefst wahr – auch dann, wenn vermutlich manches anders war im kurzen Leben von Klein Anna am Bahndamm im Londoner Osten.

Sie werden deshalb Fynns 27 Abschnitte weder als ein kinderpsychologisches Fachbuch noch als eine Rezeptsammlung für Notsituationen in Ihrer Kinderstube mißverstehen. Obwohl das Buch voller Theologie ist, lassen sich die Gespräche über «Mister Gott» und sein manchmal etwas wunderliches «Bodenpersonal» nicht plump imitieren. Möglicherweise stellen Sie auch Fragen an das Buch, die es Ihnen nicht beantwortet. So erfahren Sie beispielsweise nicht, wie das erstaunlich freundschaftliche Verhältnis Annas zu ihrem «Mister Gott» im Asozialmilieu hat entstehen können und sich in den Jahren bei Fynn ungebrochen durchhält, obwohl die Kinder um Anna etwa nach Skippers Beerdigung deutlich zeigen, daß ihnen «Mister Gott» durchaus kein «Mister» mehr ist. Auf derartige Fragen antwortet das Buch nicht. Welche Antworten sind dann aber möglicherweise zu erwarten?
Daß es auf das Fragen ankommt, wenn man auf Antworten aus ist. Keine Entdeckung ohne forschende Frage! Nach «Mister Gott» sind für Fynns Anna «die zweitwichtigsten Worte die Wee-Wörter». Die W-Fragewörter sind wie Schlüssel, mit denen sich Anna Gott und die Welt erschließt. Und auch Gegenstände werden zu «Frageschlüsseln». Fynn hilft ihr, mit Geräten, Zahlen und Wörtern zu spielen; ihre Neugierde ist schöpferisch, der Erkenntnisgewinn unabsehbar. Einige Spiegel leisten mehr als perfektes Spielzeug. Die Schattenbilder eines Projektors lassen eine Philosophie entstehen, die – wie immer bei Anna – plötzlich in Theologie umschlägt. Allem Vorgefertigten gegenüber zeigt Fynns Anna, daß Phantasie und Frage die Mütter aller Dinge sind.
Weil Pfarrer Castle die Fragen des Kindes Anna nicht versteht, dafür aber unerfragte, vollmundige Antworten feilbietet, die zudem für East Ends Kinder nicht übersetzt werden und zum hohlen Geschwätz entarten, haben es Anna und der Pfarrer schwer miteinander. Die sonntägliche Lehre läßt

Anna leer. Mag sein, daß solche Stellen für Sie Stolpersteine sind, die Fynn überlegt in sein Buch getragen hat. Die «Steine» sind so verteilt, daß es im Falle des Anstoßens vermutlich jeweils an der richtigen Stelle weh tut. Anstöße stoßen an. Ohne Anstoß keine Bewegung! Und bewegen will Fynn. Ein wenig Reformation zugunsten einer kinderfreundlicheren Kirche! Nicht, daß Sie jede Äußerung Annas für einen Katechismussatz halten müssen. Auch Annas Antworten sind letztlich Fragen. Wären East Ends Kinder zufällig in eine theologische Prüfung geraten, einige ihrer Anschauungen hätten sie in arge Schwierigkeiten gebracht: etwa der Vorschlag, an Stelle einer Kirche ernster Gesänge und Gebete eine neue Kirche als «Lachkirche» zu gründen, in der man dem Teufel mit Witzen das Handwerk legt. Oder hätten Sie vielleicht gerade dieser Sehnsucht wegen die Prüfung glänzend bestanden?
Diese Überlegungen möchten Sie nicht schulmeistern. Vielleicht sind Sie an anderen Stellen ins Nachdenken gekommen. Es könnte sein, daß Sie gerade über Fynns und seiner Mutter Verhalten zu Anna nachsinnen und dabei an die Kinder denken, mit denen Sie täglich umgehen. Diese Sätze möchten Sie dabei keinesfalls stören.
Wie immer Sie zu «Mister Gott» stehen, Fynns Anna sollte bedacht und besprochen werden mit Freunden, mit Familien in christlichen Gemeindegruppen, mit allen, die auf der Suche nach besseren Fragen und Antworten unterwegs sind. Sie werden dabei dieses Buch griffbereit halten. Deshalb ist es gleichgültig, wohin Sie es inzwischen stellen. Vielleicht in die Nähe von Saint Exupérys «Der kleine Prinz», Fühmanns «Die dampfenden Hälse der Pferde im Turm zu Babel» oder den alten Heiligenlegenden. Und gerät Fynns Buch neben das Neue Testament, so ist das auch kein Schade. Der Evangelist Lukas – hätte er Anna gekannt – würde möglicherweise einen

seiner Sätze dann so überliefert haben: «Wer nicht das Reich Gottes annimmt wie Anna, der wird nicht hineinkommen.» Und diese Formulierung wäre wahrscheinlich ganz im Sinne von «Mister Gott» gewesen.

Roland Degen

Inhalt